少年儿童必读丛书●故事系列

外国寓言故事

东方　主编

上

山东教育出版社

图书在版编目（CIP）数据

外国寓言故事 / 东方主编．—济南：山东教育出版社，2014
（少年儿童必读丛书）
ISBN 978-7-5328-8439-1

Ⅰ．①外… Ⅱ．①东… Ⅲ．①儿童文学 - 寓言 - 作品集 - 世界 Ⅳ．①I18

中国版本图书馆 CIP 数据核字（2014）第 099104 号

少年儿童必读丛书·故事系列
外国寓言故事（上、下）
东 方 主编

主 管：山东出版传媒股份有限公司
出版者：山东教育出版社
（济南市纬一路321号 邮编：250001）
电 话：(0531) 82092664 **传真**：(0531) 82092625
网 址：http://www.sjs.com.cn
发行者：山东教育出版社
印 刷：山东新华印务有限责任公司
版 次：2014年8月第1版第1次印刷
规 格：787mm × 1092mm 16开本
印 张：20印张
字 数：270千字
书 号：ISBN 978-7-5328-8439-1
定 价：36.00元

（如印装质量有问题，请与印刷厂联系调换）
印厂电话：0531-82079112

品读经典　开启智慧

代序

阅读是一种幸福的体验，是读者与作者心灵的对话。

千百年来，古今中外的大家写出了很多脍炙人口的经典作品，这是人类智慧的结晶，其高超的语言艺术和深刻的思想内涵，给人以美的享受和智慧的启迪。其中蕴涵的永生的活力和不朽的精神，早已超越了国界的限制和时空的阻隔。

经典是唤醒人性的著作，可以开启人们的智慧。

经典能深入到人心灵的最深处，能培养人优雅的性情和敦厚的性格。

让孩子结缘经典，能够为他们打好人生的底色。

让孩子爱上经典，能够增加他们的生活情趣，使人生丰富多彩。

让孩子品读经典，能够开阔视野，增长智慧，陶冶情操，使他们受益一生。

教育部颁布的《语文课程标准》对中小学生课外阅读量作了明确的规定：小学生不少于145万字，初中生不少于260万字。古今中外的文学作品浩如烟海，这400多万字，应该读什么？面对茫茫书海，家长、教师、学生往往感到无所适从。我们从浩如烟海的古今中外作品中披沙拣金，精选出适合少年儿童阅读的经典内容，编成了这套《少年儿童必读丛书》奉献给广大少年儿童和他们的家长。可以说，这套丛书是精品中的精品、经典中的经典。

《少年儿童必读丛书》为少年儿童提供了课外阅读的必读内容，可为完成国家对中小学生的课外阅读要求提供质和量的支持。为了使这些经典作品，特别是古代和外国作品更适合当今中国少年儿童的阅读习惯和阅读口味，我们对有些作品进行了改编、改写或注解。使其既不失去原著的历史价值和审美诉求，又适合当前的阅读习惯和文化认同，努力做到雅俗共赏，集可读性、经典性于一体。可以说，这套丛书既适应了国家《语文课程标准》的要求，又是为广大少年儿童定做的文化盛宴。

《少年儿童必读丛书》所收录的既有少儿文学方面的内容，又有科学文化等方面的内容，能满足少年儿童多方面的阅读需求，提高他们的综合素质。这套丛书分为两个系列："故事系列"和"百科系列"。"故事系列"包括：《中国成语故事》、《中国寓言故事》、《中国民间故事》、《中国神话故事》、《外国童话故事》、《外国寓言故事》、《外国民间故事》、《中外智慧故事》、《中外趣味故事》、《中外哲理故事》、《中外发明故事》、《中外科幻故事》、《阿凡提的故事》等；"百科系列"包括：《诗经最美诗篇赏析》、《千古唯美名句赏析》、《打开心灵密码》、《中华上下五千年》、《江山如此多娇》、《大脑越用越聪明》、《什么怎么为什么》、《神秘的大自然》等。丛书中收录了一些中外经典作品，如被称为"世界三大儿童文学经典"的《格林童话》、《安徒生童话》与《一千零一夜》，被誉为世界四大寓言家伊索、拉封丹、莱辛、克雷洛夫的经典寓言故事。这些故事闪耀着智慧的光芒，爆发出机智的火花，蕴涵着深刻的寓意。它不仅是向少年儿童灌输真善美的启蒙教材，而且是一本生活的教科书，读后，宛如一股清泉悄然渗入读者心田。

中国的成语故事、寓言故事、民间故事、神话故事等是中国传统文化和民族智慧的一个重要组成部分。成语是中华民族语言智慧的结晶，它言简意赅，内涵深远，有言有尽而意无穷之奇趣。每一个成语背后都有一个精彩生动的故事，体现了古代人民的生活、精神和智慧。通过这些故事我们能更好地理解成语的寓意和来历，从而在学习和生活中得心应手，运用自如。故事包含了丰富的历史知识、深厚的民族情感，作为中华文化不可或缺的一部分，它有着永恒的艺术魅力，也包含了丰富的想象力。

故事在人类历史的文化长河中，一直占有举足轻重的位置。故事是世界上最让孩子喜爱乃至着迷的事物。让孩子品读故事，可以帮助他们开启文学性灵。世界上没有不爱读故事的孩子，故事是孩子们认知世界的一扇窗口，是开启智慧之门的一把钥匙。优秀的故事，教会了我们用心去拥抱生活，用爱去点燃希望；优秀的故事，能够使孩子学会思考，从而充实孩子的心灵。精彩的故事丰富着生活的色彩，润泽着孩子的生命。通过读故事，孩子可以学会思考，学会做人，学会爱……伴着故事成长的童年，是幸福的童年。

爱孩子，就送给他（她）这套《少年儿童必读丛书》吧！

目录 MULU

狐狸和葡萄

在一个炎热的夏日，一只口渴的狐狸走进了葡萄园。看见葡萄架上挂着一串串晶莹剔（tī）透的葡萄，狐狸直流口水，很想摘下来吃。狐狸跳了好几次，就是摘不到葡萄。看了一会儿，狐狸无可奈何地走了。狐狸边走边自己安慰自己说："这葡萄没有熟，肯定是酸的，一点儿也不好吃。"

寓意： 有些人能力小，做不成事，就借口说时机未成熟。

狐狸和豹

狐狸和豹为吹嘘（xū）各自的美貌而争吵不休。豹总夸耀自己身上五颜六色的斑纹；狐狸却说："我要比你美得多，我的美并不体现在表面，而体现于灵活的大脑。"

寓意： 智慧的美胜于形体之美。

狐狸和刺猬

一只狐狸渡过湍（tuān）急的河流时，被冲到一个深谷中。它遍体鳞（lín）伤，躺在地上一动也不能动。一群饥饿的吸血蚊蝇叮满了它的全身。这时，一个刺猬（wei）走了过来，十分可怜它，问需不需要赶开这些害它的蚊蝇。狐狸回答说："不用啦，请你不要打扰它们。"

刺猬感到奇怪："为什么不要把它们赶跑呢？"

狐狸回答说："千万不要，你所见到的这些蚊蝇已吸足了我的血，不再叮咬我了。你若替我赶跑它们，那另一些更饥饿的蚊蝇就会来将我所剩的血吸干。"

寓意：与其忍受两次折磨，不如将一次折磨忍受到底。

狐狸和狗

狐狸偷偷地溜进羊群里，抱起一只羔羊，假惺（xīng）惺地抚摸着羔羊。狗问狐狸在干什么。狐狸说："我在抚摸它、逗它，与它玩耍呢。"狗说："现在你若不放下这只小羊，我将叫你尝尝狗怎样抚摸你。"

寓意：细心的人绝不会让窃贼得手。

狐狸和鹤

这天，狐狸请鹤吃饭。然而狐狸并没有真心实意地准备什么饭菜来款待客人，仅仅做了一点肉汤，并把汤倒在一个很平很平的盘子中；狐狸还假心假意地招呼鹤不要客气、多吃点儿。可是，鹤每喝一口汤，汤便从他的长嘴中流出来，不管怎么啄（zhuō）来啄去，就是吃不到。鹤十分气恼，狐狸却十分开心。

后来，鹤请狐狸吃饭。狐狸如约而至。狐狸老远就闻见了鱼香。到了吃饭的时候，鹤端上来的是一只长颈小口的瓶子，鹤能很容易地把头颈伸进去，从容地吃到瓶里的饭菜，而狐狸却一口都尝不到。狐狸得到了应得的回报。

寓意：若要他人尊重自己，自己首先须尊重他人；同时，告诉我们，对待那些不尊重他人的人，最好的办法是以其人之道还治其人之身。

狐狸和荆棘

一只狐狸爬越篱笆（lí·ba）时，差一点跌了下去。为了不跌倒，狐狸拼命抓住了一根荆棘，却被荆棘扎伤了。狐狸痛得抱怨荆棘说："我是向你求助的，而你却把我扎伤了。"荆棘说："我总是习惯于依附别人，你却来依附我，那实在是太愚蠢了。"

寓意：千万不要依靠那些不能依靠的人。

狐狸和樵夫

狐狸正被猎人追赶得无处可逃时，恰巧遇见了一个樵（qiáo）夫，便请求樵夫把它藏起来。樵夫叫狐狸去他的小屋里躲着。

一会儿，猎人追赶过来，问樵夫见到逃过来的一只狐狸没有。樵夫一边大声说不知道，又一边做手势、用手指着狐狸躲藏的地方。猎人相信了樵夫的话，并没留意他的手势。狐狸见猎人走远了，便从小屋里出来，什么都没说就走。

樵夫责备狐狸说："我救了你的命，你连一声谢都不说，太没良心了。"

狐狸回答说："如果你的言行一致、你的手势不出卖我的话，我就该好好地感谢你了。"

寓意：不要听他说什么，而要看他做什么。有些人嘴里说要做好事，而行为上却做坏事。

狐狸和山羊

一只狐狸失足掉到了井里。狐狸上蹿（cuān）下跳，想尽一切办法，仍然没法爬上来。一只山羊口渴了，来到这井边，看见狐狸在井下，便问狐狸井水好不好喝。狐狸觉得机会来了，心中暗喜，便极力赞美井水好喝，清甜爽口，并劝山羊赶快下来，一起痛饮。一心想喝水的山羊信以为真，便不假（jiǎ）思索地跳了下去。当山羊喝完水后，不得不与狐狸一起共商上来的办法。狐狸狡猾地说："我倒有一个方法。你用前脚扒在井壁上，再把角竖直了，我从你后背跳上井去，再拉你上来，我们就都得救了。"山羊没有别的办法，就同意了狐狸的提议。狐狸踩着山羊的后腿，跳到山羊背上，然后从山羊的背上爬到山羊的角上，最后再从角上用力一跳，跳出了井口。狐狸上去以后，就走了。山羊大声指责狐狸不信守诺言。狐狸回过头来对山羊说："喂，朋友，你的头脑如果像你的胡须那样完美，你就不至于在没有想好出路之前就盲目地跳下去了。"

寓意： 聪明的人应当事先考虑清楚事情的结果，然后再去做。

狐狸和狮子（一）

一只狐狸从来没有见过狮子，偶然一次，它在森林里碰到了狮子，被吓得半死。当它第二次遇到狮子时，仍很害怕，但比第一次好得多了。第三次遇到狮子时，它竟有胆量走上前去，并与狮子进行了十分亲切的谈话。

寓意：不要害怕不了解的事物，接近它，就会觉得没什么可怕的。

狐狸和狮子（二）

从前，狐狸和狮子住在一起。狐狸总是充当狮子的奴仆，常常去森林里把野兽赶出来，然后再由狮子去捕捉。它们俩总是按功劳大小来分配猎物。然而，狐狸嫉妒（jí·dù）狮子分得太多了，不愿意再帮狮子追赶野兽，自己独自去林中捕捉猎物。当狐狸正准备捕捉一只羊时，却被猎人抓住了。

寓意：平平安安地做百姓比胆战心惊做国王好得多。

狐狸和面具

有一天，一只狐狸无意中闯进了一个演员的房屋里。狐狸好奇并且欣喜地翻着演员的东西，玩得好开心，直到它翻到了一个戏剧里面常用的面具。这个面具制作细致、设计精良，狐狸第一眼看到就被漂亮的面具完全迷住了。狐狸用自己的小爪子拿起这个面具，着迷地看着它。多么美丽的一张面孔啊，狐狸对自己说，美中不足的是，它没有一个脑袋与它相配。

寓意：徒有其表的美丽毫无用处。

蝉与狐狸

蝉在大树顶上鸣唱。狐狸想吃掉它，便想出了一个诡（guǐ）计。狐狸站在树下，一会儿赞美蝉的歌声悦耳动听，一会儿羡慕地看着蝉，认真欣赏蝉的歌声，并劝蝉下来，说："我多么想看一看是什么样的动物才能发出这么悦耳的声音。"蝉识破了狐狸的诡计，便摘了一片树叶抛下去。狐狸以为是蝉，便猛扑过去。蝉说道："喂，坏家伙，你若以为我会飞下来，那就大错特错了。我自从见到狐狸的粪便里有蝉的翅膀之后，就时刻警惕狐狸。"

寓意：聪明的人懂得从邻人的灾难中吸取教训。

吃得太饱的狐狸

饥饿的狐狸四处觅食，它看见树洞里有人遗留的面包和肉，就立即钻进去大吃特吃起来，吃得肚子胀鼓鼓的。由于洞口太小，吃饱后的狐狸却怎么也钻不出来了，只好在树洞里唉声叹气。另一只狐狸恰巧经过那里，听到它在呻吟（shēn·yín），便过去问原因。当听明白缘由后，便对它说道："你就老老实实呆在里边吧，只要不被猎人发现，等到恢复到你钻进去的样子时，就很容易出来了。"

寓意：时间能解决许多困难问题。

断尾巴的狐狸

一只狐狸被捕兽器把尾巴夹断了。受了这种耻辱以后，它觉得自己脸上无光，生活很不好过。所以，它决定劝说其它狐狸也去掉尾巴，这样的话大家都一样了，它的缺点就可以掩饰过去了。于是它召集了所有的狐狸，劝说它们也割去尾巴。它信口雌（cí）黄地说，尾巴既不雅观，又使我们拖着一件笨重的东西，是多余的负担。有一只狐狸站起来说："喂，朋友，如果这不是于你有利，你就不会这样煞费苦心地来劝说我们了。"

寓意：讽刺那些不是出于好意，而是为了自己利益而劝告他人的人。

螃蟹与狐狸

一只螃蟹（páng·xiè）离开海水，独自住在海岸边。有只饥饿的狐狸正愁没有吃的，看见它后，便跑过去捉住了它。螃蟹在将要被狐狸吞食之前，说：“我真是活该！我本应该生活在大海里，却偏要到陆上来。”

寓意： 有些人抛弃自己熟知的事情，而去做一无所知的事，结果遇到了不幸。

狼、狐狸和猿猴

狼指责狐狸偷了它的东西，狐狸却根本不承认。猿猴（yuán·hóu）被请来裁决它们的纠纷。当它们两方各自陈述后，猿猴裁决道：“狼，我认为你不会失去你所要的东西；狐狸，我相信你即使偷过东西，也会死不承认。”

寓意： 聪明人说话总是这样，兼顾到两种情况、两种可能，不会顾此失彼。

熊与狐狸

有一头熊大肆吹嘘（xū），说它很爱人类，因为它从不吃死人。一只狐狸对它说：“但愿你把死人撕得粉碎，而不要危害那些活着的人。”

寓意：有些恶人假装善良。

野猪与狐狸

有头野猪在路旁的树干上磨它的牙齿。狐狸问野猪，这里没有猎人，一时也没危险来临，为什么要磨牙齿。野猪说道：“我这样做是有道理的，一旦危险降临，就没磨牙的工夫了，那时我就可以使用磨好的利牙呀。”

寓意：人们应当未雨绸缪（chóu·móu），防患于未然。

山鹰与狐狸

山鹰（yīng）与狐狸互相结为好友，为了彼此的友谊更加巩固，它们决定住在一起。于是山鹰飞到一棵大树上筑巢来孵育后代，狐狸则在大树下的灌木丛里生儿育女。

有一天，狐狸外出为小狐狸觅食去了，山鹰也正想给孩子们找吃的。趁老狐狸不在，山鹰便飞入灌木丛中，抓走了一只小狐狸，与孩子们一起美美地饱餐（cān）了一顿。狐狸回来后，发现少了一个孩子，知道这事一定是山鹰干的。狐狸不仅为失去孩子而难过，也为无法报复山鹰的背叛而悲愤，因为狐狸不可能追上会飞的山鹰。因此，狐狸只好在树下好好地照看生下的孩子，并诅咒（zǔ·zhòu）山鹰。

过了不久，厄（è）运降临到了背信弃义的山鹰头上。人们在野外杀羊祭神，山鹰自恃身体强悍、行动敏捷，从祭坛上抓起了一大块烤羊肉，带回了自己的巢里。山鹰没想到烤肉上带着火星，这时候一阵风吹过来，山鹰的巢里着起了火焰。一群不会飞的雏（chú）鹰在着火的窝里胡乱挣扎，纷纷从树上掉了下来。狐狸便跑了过去，在老鹰的眼前，把那些雏鹰全都吃了。

寓意：对于背信弃义的人，即使逃过人类的惩罚（chéng·fá），也难逃神的惩罚。

兔子与狐狸

有一次，兔子要与鹰（yīng）打仗，去请狐狸帮忙。狐狸却说："如果我们不知道你们与谁为敌、要与谁打仗，我们一定不会帮助你们的。"

寓意：做事之前一定要先弄清楚利害与轻重，不要不顾自己的生命安全，硬要与比自己强大的对手去争斗。

狼与鹭鸶

狼吃东西时，误吞下了一块骨头，骨头正好卡在喉咙（hóu·lóng）里。狼十分难受，四处奔走，寻找医生。狼正好遇见了鹭鸶（lù·sī），狼请鹭鸶帮忙取出骨头，答应取出骨头后给鹭鸶报酬。鹭鸶把自己的头伸进狼的嘴里，从狼喉咙里叼（diāo）出了那块骨头。鹭鸶便向狼要定好的酬（chóu）金。狼回答说：“喂，朋友，你能从狼嘴里平安无事地把头收回来，难道还不满足，怎么还想要报酬呢？”

寓意：对坏人行善而不受到伤害，就是最好的报酬了。为坏人办事，最大的报酬是认识了坏人的本质。

狼与驴

有条狼被选为狼的首领。为了阻止狼互相争食打架，它制定了法律，规定各自猎得的食物都集中起来，再平均分配给大家。一头驴走过来，慢悠悠地对狼说：“从你的脑袋里竟想出了一个好主意。可你自己为什么不把昨天猎得的食物拿出来一起分呢？”狼的行为被驴戳（chuō）穿了，便把那法律废弃（fèi·qì）了。

寓意：有些制定法律的人，常常自己不遵（zūn）守所制定的法律。

狼与狗

一只白胖白胖的狗套着颈圈（jǐng · quān），狼见到后，便问它："你被谁拴住了，养得这么肥胖？"狗说："是猎人。但愿你不要受我这样的罪，套着沉重的颈圈比挨饿难受得多。"

寓意：对于失去自由的人来说，即使最好的美食也都索然无味。

狼与狮子

有一次，狼从羊群中偷了一只羊，正叼（diāo）着羊往回走，碰上了狮子。狮子立刻把羊从狼口里抢走了。狼看见狮子走远了，很不满地说道："你抢我的东西太卑鄙（bēi · bǐ）了。"那狮子讥笑狼："那么，这只羊是老朋友牧羊人赠送给你的吗？"

寓意：窃贼和强盗都是一丘之貉（hé），没有好坏之分。

狼与马

一条狼在田地里行走，看到了一大片麦田。虽然大麦黄澄（dēng）澄的招人喜爱，但狼不能以大麦为食，只好走开了。刚走不远，便遇见一匹马，狼把马领到田里，告诉马这些大麦它自己舍不得吃，特意给马留着，因为它喜欢听马吃草时牙齿发出的美妙声音。马回答说："喂，朋友，你若能以大麦为食，你就未必喜欢听我吃草的声音，而不顾你的肚子了。"

寓意：把自己不要的东西送给别人，对方未必会感谢你。

狼与山羊

山羊在陡峭（dǒu·qiào）的山崖（yá）上吃草，狼无法靠近山羊。狼便劝说山羊："那里太危险了，你赶快下来，免得一不小心掉进山谷里。我身边这片草地好得很，青草茂盛鲜嫩（nèn），还有许多花。"

山羊回答说，"你不是真心喊我去吃草，而是让我去填饱你的肚子。"

寓意：尽管坏人老奸巨猾，但在聪明人面前，他们的诡（guǐ）计仍是枉费心机。

狼与小羊

狼来到小溪边，看见小羊正在那儿喝水。

狼非常想吃掉小羊，就故意找碴（chá）儿，说：“你把我喝的水弄脏了！你安的什么心？”

小羊吃了一惊，温和地说：“我怎么会把您喝的水弄脏呢？您站在上游，水是从您那儿流到我这儿来的，不是从我这儿流到您那儿去的。”

狼气冲冲地说：“就算这样吧，你总是个坏家伙！我听说，去年你在背后里说我的坏话！”

可怜的小羊喊道：“啊，亲爱的狼先生，那是不会有的事，去年我还没有生下来哪！”

狼不想再争辩了，龇（zī）着牙，逼近小羊，大声嚷道：“你这个小坏蛋！说我坏话的不是你就是你爸爸，反正都一样。不管你多么能言善辩，我也不会饶了你。”说着就往小羊身上扑去，把小羊撕（sī）碎吃掉了。

寓意：对恶人做任何正当的辩解也是无效的。

狼与羊

有一条受伤的狼，伤势很严重，痛苦地躺在地上，不能外出觅（mì）食。这时，它看见一只羊，便请求羊到附近的小河里为它取一点水来。它还说:“你给我一点水解渴,我就能自己去寻找食物了。”羊回答说:“如果我给你送水喝,那么我就会成为你的食物。”

寓意: 千万别上那些伪善的恶人的当。

狼与羊群

狼一心想吃掉羊,但因有狗守护着羊群,不能得逞(chěng)。狼心想,非智取不可。于是,狼派使者去拜访群羊,说狗是它们共同的敌人,若能把狗赶走,它们之间就能和平共处了。羊没有识破狼的险恶用心,便不假思索地将狗赶走了。没有了狗的保护,狼便轻而易举地把羊都吃掉了。

寓意: 人们如失去保护自己的人,很快就会被敌人征服。

吃饱了的狼与羊

有只吃饱的狼,看见一只羊躺在地上。狼以为羊是害怕它而瘫(tān)倒了,便走上前去鼓励羊,说只要羊能对自己说三句真话,就放了它。羊说,第一,它不希望遇见狼;第二,若是不幸遇到了,希望遇到的是一只瞎(xiā)眼狼;第三,愿所有恶狼都死光,因为恶狼不断地伤害它们,而它们却从来没做过伤害狼的事。狼认为羊的话一点不假，便放了羊。

寓意：有时真话也能在敌人面前显示出力量。

狼群与狗群

一群狼对一群狗说：“你们和我们在许多方面很相似，咱们为什么要为敌呢？为什么就不能亲如兄弟？除了你们受过训练，我们和你们其他方面毫无差别，可是你们却要屈服于人类，被套上颈圈（jǐng · quān），保护羊群。尽管你们工作劳累、甘心做奴隶，但仍免不了遭鞭打。更糟的是，人们吃肉，你们只能吃骨头。你们若认为我们说得对，那么就把羊群交给我们，大家一起过舒舒服服的日子。”那些狗同意了，狼走进羊圈（juàn）里，首先把狗全咬死了。

寓意：那些背叛朋友的人，都会受到严厉的惩罚（chéng · fá）。

妄自尊大的狼

一条狼徘徊（pái · huái）在山脚下。落日的余晖使它的影子放得特别长。看着自己的影子，狼得意洋洋地对自己说：“我有这么大的身体，几乎大到一亩田那样大，为什么还怕狮子？难道我不该被称为百兽之王吗？”正当狼沉醉于其中时，一头狮子向它扑来，快要将它咬死了。

此时狼悔恨不已，大声喊道："我真不幸啊！是狂妄自大毁灭了我。"

寓意：狂妄自大的人，终将自食恶果。

屋顶的小山羊与狼

草屋顶上长了些嫩草。小山羊爬上屋顶，在那儿吃草。小山羊站在屋顶上，看见狼从下面走过。小山羊知道狼上不来，便谩（màn）骂它、嘲笑它。狼说道："喂，小家伙，骂我的不是你，而是你所处的地势。"

寓意：地利与天时常常能给弱者勇气，使其敢于同强者抗争。

狮子与驴

狮子与驴子一起外出打猎。它们来到野山羊居住的山洞前。狮子守在洞口，驴则跑进洞里，又踢又跳又叫又咬，吓得野山羊纷纷逃出山洞。野山羊一出山洞，守候在洞口的狮子就把野山羊咬死，它们捕猎了许多野山羊。最后，驴跑出洞来，问狮子："怎么样？我是不是战斗得很英勇？"

狮子答道："是呀！如果我不知道你是头驴，我也许会害怕你。"

寓意：那些在能人和行家面前自吹自擂（léi）的人，自然会被世人讥笑。

狮子与大象

狮子经常抱怨神。尽管神把它创造得高大威武，给它下颚（è）装备了锐利牙齿作武器，给它的脚装上有力的爪子，使它比别的动物更强大，但它仍说："可我还是怕那公鸡。"

神说："你为什么毫无道理地责怪我呢？我能创造的长处你都有了，只是你的性格太软弱了。"狮子悲叹不已，自责自己懦（nuò）弱，终于想要去寻死。正在这时候，它遇见了大象，相互招呼之后，它们站着聊了起来。

狮子看见大象不停地扇动着耳朵，便问："你怎么啦，为什么一刻不停地摇动你的耳朵？"

大象回答说："你看见这些嗡（wēng）嗡直叫的蚊子吗？它们若钻进我的耳朵里，我就完了。"

狮子听后，大彻大悟："那么我干吗去寻死呢？公鸡比蚊子大得多，我也比大象更幸福。"

寓意：任何人都有长处和短处。

狮子与公牛

狮子对一头强壮、肥胖的公牛垂涎（xián）已久。狮子准备咬死这头大公牛，自己美餐（cān）一顿。但它又怕公牛太强壮不好对付。于是打算施展诡（guǐ）计来智取。这天，狮子对公牛说：“朋友，我猎杀了一只肥羊，请你到我家来聚餐吧。”狮子想趁公牛卧下来等待吃的时候把它咬死。公牛走到狮子的住处，只见有许多大锅、大铁叉，根本没看见羊。公牛连坐也没坐，就一声不吭地走了。狮子责问公牛，为什么无缘无故一声不响地走了。公牛回答说：“我不是无缘无故走开的，因为我看出来了，你并不是为了吃羊，而是为了吃牛。”

寓意： 那些聪明的人能从蛛丝马迹中识破坏人的阴谋诡（guǐ）计。

狮子和鹰

一只鹰飞到狮子跟前，请狮子与他结盟，以谋求它们相互的利益。狮子回答说：“我不反对，但你必须找一个担保你信用的保证人。一个可以随时可能违约、飞走的人，我怎能信任他并与之做朋友呢？”

寓意： 交友时一定要经过慎重的考虑。

狮子和兔子

狮子发现兔子正在睡觉，便想趁机吃掉兔子。这时，狮子又看见有只鹿走过，便丢下兔子去追赶鹿。兔子听到声响，马上起来逃跑了。狮子使劲追鹿，仍没有追到，于是又回头来找兔子，却发现兔子早已逃之夭（yāo）夭。狮子说："我真活该！丢掉已到手的食物，却贪心去追求那更大的希望。"

寓意： 有些人不满足手中的小利，去追求更大的希望。结果，不但不知不觉地把手中的小利丢掉了，更大的希望也没追到，只留得两手空空。

狮子和青蛙

狮子听见青蛙大声叫喊，便朝声音发出的方向转过头去细心察看，心想，发出的声音这么大，一定是什么庞（páng）然大物。狮子等了一会儿，看见青蛙从池塘边蹦（bèng）了出来，便走过去，一脚踩住它，说："这么一个小东西叫声却那么大。"狮子低头一看，青蛙已经被踩得稀巴烂了。

寓意： 多嘴多舌的人，除了说空话，别无所能。

狮子和海豚

有一天，狮子在海滩上漫步，看见海豚（tún）跃出水面，便劝它与自己结为同盟，说它们是一对最好的搭档，因为一个是海中动物之王，一个是陆地兽中之王。海豚立即高兴地答应了。

不久，狮子和野牛展开了一场生死搏杀，狮子请求海豚助一臂之力。尽管海豚想出海助战，却办不到。狮子指责海豚背信弃义。海豚回答说：“不要责备我，去责备自然吧！因为它让我成为海里的动物，不许我上陆地呀！”

寓意：结交盟友，应当选择那些能同甘苦、共患难的人。

狮子和野猪

夏季，炎热的天气使人口渴难耐，狮子和野猪一起来到小泉边喝水。它们为谁先喝而争斗得你死我活。当它们喘口气时，忽然回过头去，看见有几只秃鹰正等候在那里，它们知道谁倒下去谁就会被吃掉。因此它们停止了争斗，并说：“我们还是成为朋友吧，总比被秃鹰和乌鸦吃掉好得多。”

寓意：人们不要相互进行无聊的争斗，否则，会给自己招来灾难。

狮子与老鼠

狮子正在洞里睡觉，有只老鼠不小心掉到了狮子身上，把狮子吵醒了。狮子很生气，一把抓住老鼠，准备把它吃掉。

老鼠请求饶命，并说：“大王啊，请您开恩放了我吧。我是不小心掉到您身上的。如果我能保住性命，日后必将报答您的恩德。”

狮子不屑一顾地笑了起来。老鼠便趁机溜走了。

不久，真来了老鼠报恩的机会，老鼠真救了狮子一命。原来狮子落入了猎人的陷阱（jǐng），被猎人抓获，并且被用绳索捆在一棵树上。狮子在那里绝望地嚎（háo）叫着。

老鼠听到了狮子的哀嚎，便跑过来咬断绳索，放走了狮子，并说：“你当时嘲笑我，不相信能得到我的报答，现在清楚了吧，老鼠也能报恩。”

寓意：不要以貌取人，时运交替变更，强者也会有需要弱者的时候。

狮子和牧羊人

一头狮子走过树林时，踩着了一根刺。他连忙跑到牧羊人面前，摇着尾巴向他表示亲热，好像在说请帮帮我。牧羊人壮着胆子，仔细检查一番，发现了那根刺。接着，他将狮子的爪子放在膝上，将刺拔了出来，解除了狮子的痛苦。狮子轻松地返回到树林中。不久牧羊人被他人诬（wū）告，被关进了牢房，并被判决喂狮子吃。狮子认出牧羊人是帮助过自己的那个人，不但没扑上去咬牧羊人，反而慢慢地走近他，把爪子放在牧羊人的膝上。国王听说这件事情后，下令赦（shè）免了牧羊人。

寓意： 行善者必有善报。

狮子和三个顾问

狮子把羊叫来，问羊能不能闻到自己嘴里发出的臭味。羊说："能闻到。"狮子咬掉了这个傻瓜蛋的头。接着，狮子又把狼召来，问同样的问题。狼说："闻不到。"狮子把这个阿谀（ē·yú）奉承的家伙咬得鲜血淋漓（lín·lí）。最后，狐狸被召来了，狮子也试问同样的问题，狐狸看看周围的情形，说："大王，我患了感冒，闻不到什么味。"

寓意：模棱（léng）两可、暧昧（ài·mèi）含糊可以让人抓不着把柄。

狮子、熊和狐狸

狮子和熊同时发现了一只奄（yǎn）奄一息的小羊羔。它们俩为争夺小羊羔凶狠地打了起来。经过一场苦斗，双方都受了重伤，有气无力地躺在地上。狐狸正好路过，看见它们为争夺小羊互不相让，就在旁边观看，一见它们两败俱伤，都直挺挺地躺在地上，便跑过去，把小羊羔抢了去。伤势严重的狮子和熊眼睁睁地看着狐狸抢走了羊，却毫无办法。一个唉声叹气地对另一个说："我们都错了，我们俩打得你死我活，让狐狸得到了好处。"

寓意：有些人辛辛苦苦，有的人坐享其成。

狮子与农夫（一）

有一天，一头狮子闯到农夫家的院子里。农夫一心想要捉住狮子，马上把院子的大门紧紧关上了。狮子因跑不出去，发怒了，凶残地咬死了所有的羊，随后又愤怒地扑向那些耕牛。农夫害怕自身难保，便惊慌失措地将大门打开，放走了狮子。

狮子逃走之后，农夫望着一片狼藉（jí）的院子，失声痛哭起来。农夫的妻子不停地埋怨丈夫：“都怪你自己！人们见到可怕的狮子，都躲得远远的，你为什么还要把它关起来呢？你这不是自作自受吗！”

寓意： 吓跑强盗，比捉住强盗更好。激怒比自己更强大的人，必然会自讨苦吃。

狮子与农夫（二）

狮子爱上了农夫的女儿，来求婚。农夫不忍心将女儿许配给野兽，但又惧怕狮子，一时无法拒绝。于是他急中生智、心生一计。农夫对狮子说：“你娶我的女儿很适合，我和女儿都很高兴。但是，你必须先拔去牙齿，剁掉爪子，否则我不能把女儿嫁给你，因为我女儿害怕这些东西。”狮子利令智昏、色迷心窍，很轻易地接受了农夫的要求。从此以后，那个农夫就瞧不起狮子，而且再也不惧怕狮子了。狮子再来时，农夫就用棍子把它赶了出去。

寓意： 有些人轻易相信别人的话，抛（pāo）弃了自己特有的长处，结果，轻而易举地被原来害怕他的人击败了。

狮子、狐狸与鹿

狮子生了病，睡在山洞里，无法出去觅食。狮子对狐狸说道：“你若想要我健康、使我能活下去，就请你用花言巧语把森林中最大的鹿骗到这里来，我很想吃鹿的血和心脏。”

狐狸走到树林里，看见树林里欢蹦（bèng）乱跳的大鹿，便向鹿问好，并说道：“我告诉你一个喜讯。你知道，兽王狮子是我的邻居，它病得很厉害，快要死了。它正在考虑，森林中谁能继承它的王位。它说，野猪愚蠢无知；熊懒惰无能；豹子暴躁凶恶；老虎骄傲自大；鹿身材魁梧、年轻力壮，只有鹿才最适合当兽王。我何必这么啰嗦呢？你一定会成为国王。这消息是我第一个告诉你的，你将怎样回报我呢？如果你信任我的话，我劝你快去为它送终。”

经狐狸这么一说，鹿给搞糊涂了，便走进了山洞里，丝毫没有想会发生什么别的事情。此时，狮子猛然朝鹿扑过来，用爪子撕下了鹿的耳朵。鹿拼命地逃回树林里。狐狸辛辛苦苦白忙乎一场，它两手一拍，表示毫无办法了。狮子忍着饿，叹息起来，十分懊丧。狮子请求狐狸再想想办法，用狡计把鹿再骗来。狐狸说：“你吩咐我的事太难办了，但我仍尽力去帮你办。”于是，狐狸又跑进树林里，去找那只受伤的鹿。

这时，鹿正在树林里休息。狐狸毫不羞耻地来到鹿的面前。鹿一见狐狸，气得毛都竖了起来，说：“坏东西，你休想再来骗我了！你再靠近，我就不让你活了。你去欺骗那些没经验的动物吧，叫它们做国王吧。”狐狸说：“你怎么这样胆小怕事？你难道怀疑我，怀疑你的朋友吗？狮子抓住你的耳朵，只是临死前，想要告诉你一点关于王位的忠告罢了。你却连那衰弱无力的手抓一抓都受不住。现在狮子对你非常生气，要将王位传给狼。那可是一个坏国王呀！

快走吧，不要害怕。我向你起誓，狮子决不会害你。我将来也专门伺候你。”狐狸再一次欺骗了可怜的鹿。

鹿刚一进洞，就被狮子抓住饱餐（cān）了一顿，并把鹿所有的骨头、脑髓（suǐ）和肚肠都吃光了。狐狸站在一旁看着，鹿的心脏掉下来时，狐狸偷偷地拿过来，把它当做自己辛苦的酬劳吃了。狮子吃完后，仍在寻找鹿的那颗心。狐狸站在旁边说：“鹿真是没有心，你不要再找了。它两次走到狮子家里，送上门给狮子吃，怎么还会有心呢！”

寓意： 有些人贪图虚荣、不辨真伪，最终给自己招来了灭顶之灾。

狮子、狼和狐狸

一头狮子生病躺在洞里。为了表示对百兽之王的敬畏，动物们都去探望。狼见狐狸没有来，心想，这是个好机会，说说狐狸的坏话，报复一下狐狸。于是，狼便趁机在狮子面前诬陷（wū · xiàn）狐狸，说狐狸胆大包天，藐（miǎo）视大王，竟敢不来探望。正在此时，狐狸进来了，听到了狼所说的话。狮子一见到狐狸就怒吼起来，狐狸马上解释说：“在所有动物之中，有谁像我这样忠诚，为你四处奔走，走遍名山大川，遍访名医，寻找妙方呢？正因为我寻找到了秘方，所以才晚来一步。”

狮子立即命令狐狸将药方说出来。狐狸说：“将狼的皮活剥下来，趁热裹在身上，大王的病就能痊愈。”还没等狼明白过来，狼已经被狮子活剥了皮。被剥了皮的狼成为一具尸体，躺在了那里。

狐狸得意地笑着说：“你不应当怂恿（sǒng·yǒng）大王起恶念，而应该诱导大王发善心才对呀。”

寓意：常常算计别人的人，往往会自食其果。

狮子、老鼠和狐狸

酷热的天气使狮子疲惫不堪，它正躺在洞中酣睡。一只老鼠从狮子身上跑过去，将它从梦中吵醒了。狮子大怒，爬起来摇摆着身子，四处寻找老鼠。狐狸见到后，带着嘲笑的语气说道：“你是一只威严的狮子，也被老鼠吓怕了。”狮子说：“我怎么能怕老鼠呢，只是不能容忍它这样无礼。”

寓意：有时候一点点小小的自由都是很大的冒犯

狮子、驴和狐狸

一天，狮子、驴和狐狸商量好一起去打猎。打猎非常顺利，它们很快就满载而归了。

捕获了那么多的猎物，驴异常高兴，希望能尽快分到属于自己的猎物。狮子命令驴把猎物分一分。驴大体上把猎物平均分成了三份，并请狮子先挑。狮子勃（bó）然大怒，猛扑过去把驴咬死了。

狮子又命令狐狸来分。狐狸把所有的猎物都堆在一起，仅留很少一点点给自己。狮子问狐狸：“是谁教你这样分的？”狐狸回答说：“是驴。”

寓意：应该从别人的不幸中吸取经验和教训。

狮子与其它动物打猎

狮子与其它动物合伙打猎，抓获了许多野兽。其它动物多少都想分到一点儿。狮子把猎物分成三份，说道：“这第一份，应该我拿，因为我是王。第二份也应该是我的，算是我和你们一起合作的报酬。至于第三份嘛，”狮子说着露出了尖利的牙齿，“我看谁敢要。如果谁不准备逃走，呆在这里也许没好处。”

寓意：人们对自己的力量和能力须实事求是、正确估量，不要去与比自己强大得多的人交际和合作。

老狮子与狐狸

有一头年老的狮子，已不能凭借自己的力量去捕捉猎物了，心想只能用智取的办法才能获得需要的食物。

于是，老狮子钻进一个山洞里，躺在地上假装生病，其他小动物一旦走进来窥（kuī）探，就把它们抓住吃了。这样，不少动物都被狮子吃掉了。

狐狸识破了狮子的诡计，远远地站在洞外，问狮子身体现在如何。狮子回答说：“很不好。”反问狐狸为什么不进洞里来。狐狸说道：“如果我没发现只有进去的脚印，没有一个出来的脚印，我也许会进去的。”

寓意：聪明的人常常能审时度势，根据迹象预见到危险，从而避免不幸。

一头老狮子

一头年老体衰的狮子病了，只能有气无力、奄（yǎn）奄一息地躺在地上，再也没有了往日的威风。一头野猪冲到它身旁，狠狠地咬它，报复狮子以前对自己的伤害。一会儿，一头野牛也用角来顶它，以解心头之恨。当驴看到往日为所欲为的狮子毫无还手之力时，也用蹄（tí）子用力去踢狮子的头部。这头快要断气的狮子说：“我已经受够了猛兽的羞辱，但还得含羞忍受你们这些小丑的侮辱，真是生不如死。”

寓意：无论过去多么辉煌，都难以避免辉煌失去后别人的不敬与报复。

驴和赶驴人

一个人赶着驴在路上走，走了一会儿，驴就奔跑起来，赶驴人在后面猛追。驴越跑越快，并且离开了平坦的大道，跑到陡峭（dǒu·qiào）的山路上去了。眼看驴快要跑到悬崖（yá）边时，赶驴人一把抓住驴的尾巴，想把驴拉住。可是倔强（jué·jiàng）的驴不打不回头，依然拼命挣扎。赶驴人没办法把驴拉回来，便放开了它，说道："你这个固执的东西，由你去吧！"

寓意：事事争强好胜不会有好下场。

驴和狗

驴和狗走在一起，在路上发现一个包裹，打开一看，里面有一封信。驴大声地读起信来。信里谈到饲料、干草、大麦以及糠麸（fū）。狗听到驴读的这些，很不舒服，不耐烦地对驴说："好朋友，快读下去，看有没有提到肉和骨头。"驴将信全部读完后，仍没有发现信中提到狗所想要的东西。狗就说："把它扔了吧，朋友，都是些没有什么用的东西。"

寓意：有些人总是以自己的意愿代替他人的意愿。

驴和马

驴请求马省一点饲料给它吃。马说："好，为显示我高尚的品格，如果我吃不完，剩下的就给你吃。晚上我回自己的马厩（jiù）时，你若能来，我就给你满满一小袋麦子。"

驴回答说："谢谢你，我才不会相信呢。现在你连一点饲料都不给我，过一会儿还能给我更大的好处？"

寓意：别相信那些吝啬（lìn·sè）鬼假惺（xīng）惺的许诺。

驴和它的主人

花匠养着一头驴，用它驮驮肥料、犁犁地，干一些农活。驴嫌干的活繁（fán）重、吃得草料不好，便去请求众神之神宙斯，让它脱离花匠，将它卖到别的主人那里去。于是宙斯便劝说花匠把驴卖给了一个陶匠。陶匠让驴驮运沉重的黏（nián）土和陶器，比以前更劳累。驴又请求宙斯再给它换一个主人。宙斯又劝陶匠把驴卖给了一个皮匠。驴到了皮匠那里，知道了皮匠的行当后，后悔不已地说："我真不幸！留在以前的那些主人那里该多好啊，至少我还能活着。现在我不但活不成了，就连我的皮都得交给这个主人了。"

寓意：许多人总是抱怨自己的生活境遇不好，却并不了解别人的生活同样也有不如意的地方。

驴与蝉

驴听见蝉唱歌，被蝉那美妙动听的歌声所打动，自己也想发出同样悦耳动听的声音来。便羡慕地问蝉："你都吃些什么，能发出如此美妙的声音？"

蝉答道："吃露水。"

驴子从此便也只吃露水，没多久就饿死了。

寓意：人们不要存非分之念，也不要企望非分之物。

驴与哈巴狗

有个人养着一头驴和一只非常漂亮的哈巴狗。驴住在牲口棚里，吃的是充足的燕麦和干草，过得和别的驴没有什么两样。那只哈巴狗很会讨主人喜欢，在主人面前又是蹦又是跳，主人每次出门赴宴，也总不忘给哈巴狗带回点好吃的东西。

驴每日辛辛苦苦地拉磨，还要到林子里去驮木头，或是到农场去运货物。驴常常哀叹自己命运不济，羡慕哈巴狗安逸舒适的生活。终于有一天，驴挣脱了缰（jiāng）绳，飞快地跑进主人的屋子里，学着哈巴狗的样子，在主人面前又是跳又是蹦，还不停地摇尾巴。但是一脚踢翻了桌子，桌上的碗和碟子被摔得粉碎。接下来，驴想用嘴去舔他的主人，还一下子跳到了主人的背上。

仆人们听到奇怪的吵闹声，以为主人遇到了危险，立刻跑来搭救。他们一阵棍棒把驴赶回了牲口棚。被打得半死的驴哀叹："我真是自作自受。我和同伴们每天辛苦工作，有什么不好，为什么偏偏想去当一条整天无所事事、一无用处的小狗呢？"

寓意：同样的事情不一定适合于所有的人。

驴与骡子

有一天，驴和骡子一起驮着货物赶路。驴见它们俩驮的东西一样多，而骡子却吃自己双倍的饲料，因而愤愤不平。刚走一会儿，赶驴人看见驴有点走不动了，便从驴背上拿下一部分货物，加在骡子背上。又走了一会儿，赶驴人看到驴累得更加不行了，又取了一部分货物，放在骡子背上。最后把驴驮的所有货物，全加在骡子背上。这时，骡子回过头来对驴说："喂，朋友，你现在还因为我吃双倍饲料而愤愤不平吗？"

寓意：不要与别人斤斤计较，各人都有自己该做的事、该得的酬劳。

驴与青蛙

驴子驮着木料走过池塘，脚滑了一下，掉到了水里，便失声痛哭起来。池塘里的青蛙听见他的哭声，说道："喂，朋友，你摔倒一下就这么悲伤，如果像我们这样长久地生活在这里又该怎么办呢？”

寓意：有些人没有受过较大的困苦，一点小小的挫折就难以忍受。

驴的影子

一个旅客雇了一头驴，骑着去旅行。一路上，驴的主人跟在后面赶驴。那天天气很热、赤日炎炎。到了中午时分，他们停下来休息。旅客躲在驴的影子下，求个阴凉、避免暴晒。驴的主人也想在驴的影子下休息，但是，驴的影子仅能遮蔽（zhē · bì）一个人。于是旅客和驴的主人为了遮阴激烈地争吵起来，谁都认为自己才有这个权利。驴的主人坚持说他仅出租驴本身，不出租驴的影子；那旅客却说他雇的驴包括驴本身和影子。他们争论不休，以至互相打了起来。当他们打架时，驴跑掉了。

寓意：人们往往为小事争吵不休，从而失去了最重要的东西。

驴、狐狸和狮子

驴和狐狸一起去寻找吃的。它们在山坡遇见了一头饥饿的狮子。狡猾的狐狸见大事不妙，立即跑到狮子面前，悄悄地对狮子说：“你只要不吃我，我保证把驴献给你。”狮子答应了。狐狸便引诱驴掉进一个陷阱（jǐng）里。狮子见驴已经跑不了了，便先把狐狸吃了。

寓意：那些出卖朋友、背叛友谊的人也不会有好下场。

驴、公鸡与狮子

公鸡和驴住在一个农场里。饥饿的狮子来找吃的，发现了驴。狮子正要扑向驴，打算美餐（cān）一顿。这时，公鸡拍打着翅膀，大声啼叫起来。狮子特别害怕鸡叫，便转身逃之夭（yāo）夭了。驴见狮子连鸡叫都害怕，心想狮子没有什么了不起的，便立即跑去追赶狮子。追到远处时，已经听不到公鸡的叫声了，狮子猛然转过身来，一口把驴咬死，美美地饱餐（cān）了一顿。驴临死时叹道：“我真是不幸啊！我真愚蠢啊！我并不是狮子的对手，为什么还要去追赶狮子呢？”

寓意：任何时候都不要轻敌，要知道自己有多大能耐，不要在强大的对手面前逞能。

驴、乌鸦与狼

一天，有头背上受了伤的驴，在牧场上吃草。乌鸦飞到驴背上，啄它的伤口，驴痛得跳起来大叫。而站在远处的驴夫却若无其事、在那里发笑。有只狼正从这里走过，见到后，自言自语地说："我真倒霉！只要我望一望驴，就遭到人们追赶，而乌鸦飞到驴背上，人们还笑。"

寓意： 人们时时刻刻警惕那些专做坏事的人。

披着狮子皮的驴（一）

一头驴找到一张狮子皮。驴披着狮子的皮，神气地到处走动，吓唬那些不明真相的动物。动物们都以为是真狮子，吓得四处逃跑。突然一阵风刮来，把驴披着的狮子皮吹掉了，驴原形毕露。这时，动物们都跑回来，用木棍狠狠地打驴。

寓意： 伪装不可能长久，谎言总会被戳（chuō）穿。仗势欺人的人必将遭到世人痛恨。

披着狮子皮的驴（二）

有头驴找到了一张狮子皮，就披着狮子皮神气地四处游荡，吓唬那些弱小的动物。小动物们一见，就急忙逃跑。驴看见了狐狸，也想去吓唬吓唬它。驴看到狐狸惊恐的样子，得意地大叫起来。狐狸听到驴的叫声，便大笑着对驴子说："如果我没有听到你的叫声，会被你吓个半死。"

寓意：有些人看起来神气十足、一表人才，然而一开口就原形毕露了。

运盐的驴

有一头驴驮着盐过河。走着走着，驴的脚下一滑，跌倒在河水中。盐在水中溶化了一些，驴再站起来时，顿感身上驮的盐轻了许多。驴很高兴，轻松地回家了。

有一次，驴又驮着盐过河。这次驮的盐更多，驴走到河中间后，故意歪倒在河里。等驴慢慢地站起来后，感到比上次还轻松。驴满心欢喜地回家了。

后来，有一天，驴驮着棉花过河。驴心想再跌倒下去，站起来时定会更轻松。于是，驴又故伎重演，故意地摔倒了。驴怎么也没想到棉花是吸水的。棉花吸了水，重量增加了许多倍。因此，驴再也站不起来了，淹死在了河里。

寓意：有些人爱耍花招，没想到聪明反被聪明误，结果自己害了自己。

顽皮的驴

一头驴爬上了屋顶，在那里跳舞，将屋上的瓦片踩得粉碎。主人立刻爬了上去，将它赶下来，并用一根粗木棍狠狠地打了它一顿。驴说："怎么啦？我昨天看见猴子也是这样玩的，而且你们大家很开心，它的表演似乎使你们很高兴。"

寓意：做事不顾自身条件的人会遭到嘲笑。

病驴和狼

有一天，驴生病躺在家里，狼跑来看望它。狼一边摸着驴的身体，一边问它什么地方痛。驴回答说："你摸到的地方都痛。"

寓意：那些假心假意的人表面上关心你，实际上却想坑害你。

野驴、家驴和狮子

有一天，家驴背负着沉重的货物，显得格外劳累。野驴看见了，便嘲笑家驴："你看我自由自在、无忧无虑地生活着，还可以到山上去吃草，非常幸福。而你却过着痛苦而毫无自由的生活，不但十分劳累，还经常遭受主人的欺压和皮鞭的抽打。"

这时，狮子来了，它看到家驴和驴夫在一起，便向那孤单的野驴猛扑过去，将野驴咬死吃掉了。

寓意：自由固然可贵，但有时也会造成生命、生活的毫无保障。

野驴和家驴

野驴看见家驴舒适地躺在阳光充足的地方晒太阳，就走了过去，夸奖它身强力壮，还享受美味的食物。后来，野驴又看见家驴驮着沉重的货物，驴夫还跟在后面用棍棒打它赶它，野驴便说："我现在不再觉得你幸福了，我看得出，不遭受那百般痛苦是得不到那一点点享受的。"

寓意：人们不必羡慕（xiàn·mù）那付出沉重代价所得到的利益。

野驴和狼

有一天，野驴在草原上吃草，看见狼向它冲过来。野驴便装作走起路来一瘸（qué）一拐、十分痛苦的样子。狼见野驴受了伤，心想，驴肯定跑不掉了，这个猎物唾手可得。狼便问野驴为什么一瘸一拐的。野驴说："我的脚上扎进了一个大刺，请你用牙把刺拔出来。如果不拔出来，我痛苦一点倒没什么，反正要被你吃掉了。我担心的是，你吃我的时候，大刺卡在你的喉咙里就麻烦了。"狼信以为真，让野驴把脚抬起来，全神贯注地找刺。野驴趁狼不注意，对准狼的嘴狠命一踹（chuài），把狼满嘴牙都踹掉了，野驴趁机跑掉了。狼吃了苦头，自言自语地说："我真是活该，父亲教我当屠夫，我为什么偏要行医呢？"。

寓意：做不该做的事，自然要倒霉。

战马与驴

驴看到主人精心照料马，并给它丰富的饲料，想到自己连糠麸（fū）都不够吃，还要做十分繁重的工作，便悲伤地对马说："你真幸福！"

当战事爆发时，全副武装的战士骑着马，奔驰于战场，不顾枪林弹雨，冲锋陷阵。马不幸受了伤，以后再也不能冲锋陷阵了，只能拉着马车吃力地前行。驴见到后，不再觉得马比自己幸福，反而觉得马比自己更可怜。

寓意： 不要轻易羡慕别人，各人都有自己的生活，都有自己的幸福与不幸。

马和鹿

从前有一匹马独占一片草原。有一天，一只鹿闯入了马的领地，想与马分享草原。马对鹿的闯入十分仇视，一心想报复，便请求人帮助惩罚（chéng·fá）鹿。人回答说，如果它愿意把一块马口铁含在嘴里，并答应让人骑在马背上，他就拿出最有效的武器为马去驱逐鹿。马同意了人的要求，允许人骑在他身上。从此以后，马才知道，还没有对鹿进行报复，自己却成了人的奴隶。

寓意： 不假思索地答应别人提出的条件，往往不但达不到自己的目的，反而会失去更多。

马和驴

一匹马在路上炫耀它的精美的马饰，忽然遇到了一头满驮着货物的驴。驴因货物太重，只能慢慢地让开路。马傲慢地说："我恨不得用脚踢你。"驴丝毫不予计较，只是默默地祈（qí）求神保佑。不久，那匹马患了气喘病，被主人送回农庄来。驴看见拖着粪车的马，便讥笑它说："骄横的东西，你那华丽的马饰现在到哪里去了？你怎么变成这样一副倒霉相？"

寓意：人们不要因一时荣华富贵而不可一世。

马与兵

战争期间，一个士兵用大麦精心地喂养他的马。然而战争一结束，那马便被拉去服苦役、搬运沉重的货物。后来战火重燃，军号吹响了，主人备好马鞍，全副武装骑着马去迎敌。这时，马却毫无力气，不断摔倒。它对它的主人说："你还是赶快再去找一匹战马吧。因为你已把我变成一头驴，又怎么还能把我当战马骑呢？"

寓意：在和平、舒适的日子里不能忘记了灾难的朋友。

马与驴

从前，有个人赶着一匹马和一头驴赶路。在路途中，驴对马说：“我驮的东西太多了，快把我累死了。你若能帮我分担一点负担，就等于救我一命。”马不愿意，驴终因精疲力竭，倒在地上死了。于是，主人把所有的货物，包括死驴，都放在马背上。这时，马悲伤地说：“我真倒霉！我怎么会受这么大的苦呢？这全是由于不愿分担一点驴的负担造成的，现在不但驮上全部的货物，还多加了一个死驴。”

寓意：强者与弱者应相互帮助、共同合作，各自才能更好地生存。

马与马夫

从前，有个马夫照看马儿，他每天都给马擦洗，用梳子梳理马毛。但是他每天都偷偷地把喂马的精饲料燕麦卖掉一部分，卖的钱落入了自己的腰包。但他仍然每天给马擦洗，用梳子梳理马毛。由于马儿吃的精饲料越来越少，马儿的境况越来越糟糕。马儿实在受不了了，就对马夫说道：“如果你真心想要我长得美，就应该多给我吃点好的，不要再卖掉喂我的燕麦了。”

寓意：那些虚情假意的人用花言巧语和小恩小惠去贿赂（huì·lù）别人，却把别人最需要的东西夺走了。

马、牛、狗与人

宙斯创造了人，没给人很长的寿命，却给了人聪明才智。在冬天，人给自己建造好了房屋，舒适地住在里面。有一年冬天，天气异常寒冷，马冻得忍受不住了，便跑到人那里，请求让它住在屋内避寒。人说除非马同意把它的部分寿命送给人，否则就不让它进门。马高兴地答应了。不久之后，牛也忍受不了寒冬，跑来找人。那人同样地说，除非牛能把部分寿命送给人，不然就不收留它。牛献出了部分寿命后，被收留下来。最后，狗冻得几乎要死了，也跑来把自己的部分寿命送给人，同样也得到了住处。这样，人在宙斯所给的年岁内，纯洁而善良；到了马给的年岁内，就吹牛说大话，自命不凡；到了牛给的年岁内，开始干事业；而到了狗给的年岁内，便容易发脾气，动不动就大吵大闹。

寓意： 少年儿童纯洁善良；青年人爱说大话；中年人有实干精神；老年人固执爱发脾气。

野猪、马与猎人

从前，野猪和马常常同在一处吃草。野猪时常使坏，不是践踏青草，就是把水搅浑。马十分恼怒，一心想报复野猪，便跑去请求猎人帮忙。猎人说除非马愿套上缰（jiāng）绳让他骑，才可以帮助马惩治野猪。马报复心切，便答应了猎人的要求。于是，猎人骑在马上打败了野猪，随后又把马牵回去，拴在马槽边。马悲叹地说："我真傻！为了一点小事不能容忍他人，现在却招致终身被奴役。”

寓意：人们在生活中一定要对他人宽容，不要因为小事就去报复他人，否则会给自己带来不幸。

公牛和青蛙

两只幼蛙在池塘边玩耍。一头公牛到池塘边去喝水，踩着了其中一只幼蛙，一下子把幼蛙踩个稀烂。青蛙妈妈回来后，见少了一个儿子，便问另外一只幼蛙：“你的兄弟到哪里去了。”

“他死了。亲爱的妈妈。”幼蛙说，“刚才有一个四条腿的庞（páng）然大物来池塘边喝水，一脚把他踩个稀巴烂。”

青蛙妈妈鼓起腮帮子，看上去变大了。问道：“那家伙是不是有这般大小呢？”

幼蛙说：“那家伙大多了。”

青蛙妈妈又尽力鼓起肚子，看上去又大又圆。又问道：“是不是像我现在这么大？”

幼蛙说：“妈妈，您别再鼓气了。我想您不可能和那家伙一样大小，再鼓气就会把肚子胀破的。”

寓意：渺（miǎo）小无论如何也不能与伟大相比。

公牛和小牛犊

一头公牛竭尽全力要挤到牛栏里去。可是，入口太小了，怎么也挤不进去。这时，一头小牛犊（dú）走了过来，说：“让我先进去，我来告诉你怎么进去。”公牛说：“不用劳驾你了，你还没出世前，我早已知道那办法了。”

寓意：年轻人千万不要在老人面前逞能。

公牛与野山羊

有头公牛被狮子追赶，逃进一个山洞里，而洞里已住了一群野山羊。尽管野山羊朝公牛又踢又顶，公牛还是忍着痛对它们说：“我在这里忍辱负重，并不是因为害怕你们，而是害怕那站在洞口的狮子。”

寓意：为了逃避大灾难，必须忍受小痛苦。俗话说，小不忍则乱大谋。

三头公牛与狮子

三头公牛在一起生活。它们住在一起，一起到草地上吃草，相处得十分和睦。

有头狮子一心想吃掉它们，可它们团结一致，从不单独行动，狮子一直没有机会下手。狮子便寻找机会悄悄地接近公牛，进行挑拨离间，使得它们产生冲突。后来，三头公牛不常在一起了，有时候还单独行动。狮子趁它们单独行动时，轻而易举地将它们一个个地吃掉了。

寓意：朋友间不和，常常给敌人提供了机会。

公牛、狮子和野猪

公牛见一只小狮子正睡觉，便趁机用牛角把小狮子顶死了。母狮走过来看到自己的孩子死了，十分悲伤，痛哭流涕（tì）。一头野猪站在远处对悲伤的狮子说："你知道有多少人为他们的孩子被你们咬死而伤心落泪吗？"

寓意：只有当自己也遭到同样不幸时，才会反省（xǐng）自己给别人带来的不幸。

小牛与大牛

一头小牛整天在山坡上吃草，悠闲得很。小牛看见大牛每天都拉犁耕地，辛辛苦苦地干又重又累的活，十分同情它。

可是，到了节日需要祭祀（sì）时，主人就给大牛放假，却捉住小牛去宰杀。这时，大牛笑着对小牛说：“因为你要成为祭品，所以你就什么活都不必干。”

寓意：危险等着那些游手好闲的人。

狗与狐狸

几条狗发现了一张狮子皮，便使劲用牙齿把它撕碎了。狐狸看见了，说：“如果狮子活着，你们就会明白，你们的牙齿是不能与狮子的爪子相对抗的。”

寓意：有些人风光一时、为人敬仰；一旦他们身败名裂，人们就会藐（miǎo）视他们。

狗和海螺

有只常常偷吃鸡蛋的狗，看见一只海螺，以为也是鸡蛋，便张开大嘴，一口就把它吞下肚去了。过了一会儿，它觉得肚子疼得十分

难受，便说：“我真是活该，把所有圆的东西都当成了鸡蛋。”

寓意：不能单凭直觉和外表去认识事物，否则，往往会不知不觉地陷入困境。

狗和狼（一）

有只狗自认为自己有劲、跑得快，便拼命去追赶一只狼。毕竟狗的心里还是有点畏惧，不时躲躲闪闪。狼回过头来对狗说：“你并不可怕，你身后的主人才真正可怕。”

寓意：这是讥讽那些狗仗人势的人。

狗和狼（二）

一条饥饿的瘦狼在月光下四处觅（mì）食，遇到了一条被主人喂养得十分壮实的家狗。他们相互问候后，狼说：“朋友，你怎么这般肥壮，吃了些什么好东西啊？我现在日夜为生计奔波，苦苦地煎熬着。”

狗回答说：“你如果想像我这样，只要学着我干就行。”

“真是这样，”狼急切地问，“什么活儿？”

狗回答说：“就是给主人看家，夜间防止贼进来。”

“什么时候开始干呢？”狼说，“住在森林里，风吹雨打，我都受够了。为了有个暖和的屋子住、不挨饿，做什么我都不在乎。”

“那好，”狗说，“跟我走吧！”

它们俩一起上路了。狼突然注意到狗脖子上有一块伤疤，感到十分奇怪，不禁问狗这是怎么回事。狗说：“没什么。”狼继续问：“到底是怎么回事？”

“一点点小事，也许是我脖子上拴铁链子的颈圈弄的。”狗轻描淡写地说。

“铁链子！”狼惊奇地说，“难道你是说，你不能自由自在、随意地跑来跑去吗？”

“不对，也许不能完全随我的心意，”狗说，“白天有时候主人把我拴起来。但我向你保证，在晚上我有绝对的自由；主人把自己盘子中的东西喂给我吃，佣人把残羹（gēng）剩饭拿给我吃，他们都对我倍加宠（chǒng）爱。”

“晚安！”狼说，“你去享用你的美餐（cān）吧，至于我，宁可自由自在地挨饿，而不愿套着一条链子过舒适的生活。”

寓意：自由比安乐更重要。

狗和屠夫

狗溜进肉店里，趁屠夫正忙着，偷了一个猪心就跑。屠夫回过头来，看见狗正在逃，便说：“喂，你这畜生，你记清楚了，今后不论你跑到哪里，我都会留心提防着，你偷跑了我一个猪心，却把另一个心给了我。”

寓意： 灾祸常成为人们的学问，也就是说，吃一堑（qiàn），长一智。

狗、公鸡和狐狸

狗与公鸡这对好朋友，相约一起去旅行。夜幕降临时，它们来到了森林里。公鸡一跃跳到树上，在树枝上栖息；狗就在下面树洞里睡觉。

黎明到来时，公鸡像往常一样放声啼叫起来。有只狐狸听见鸡叫，想要吃鸡肉，心想，这是多美的一顿早餐（cān）啊。狐狸便循声找到树下，恭敬地请鸡下来，并说："多么美的嗓音啊！太悦耳动听了，我真想拥抱你。快下来，让我们一起唱支歌吧。"

鸡回答说："那太好了，请你去叫醒树洞里的那个看门守夜的，只要它一开门，我就下来。"

狐狸立刻去叫门，狗突然跑了出来，把它咬住撕碎了。

寓意： 聪明的人临危不乱，能巧妙而轻易地击败敌人。

睡着的狗与狼

有条狗在农舍前睡着了，狼看见后，冲过去把狗抓住，想吃掉它。狗请求狼暂不要吃它，说道："我现在还骨瘦如柴，吃起来没有一点香味。你再等几天，我的主人要举办宴会，那时我将吃得饱饱的，一定会变得肥肥胖胖的，你再来吃会更可口，味道会更香。”狼听信了狗的话，便放了它。过了几天狼再来时，发现狗已睡到了屋顶上。狼便站在下面喊狗，提醒它不要忘记以前的诺言。狗却说：“喂，狼呀，你若以后看见我睡在农舍前面，就用不着再等什么宴会了。”

寓意：聪明的人一旦脱离险境后，他终生都会防范这种危险。

大猎狗与众狗

有个猎人养着一条强壮的大猎狗，主人想让它去追逐野兽。可它一见到一群野兽，就使劲将颈圈挣脱，拼命地逃跑。其他狗见到这只壮得像公牛似的大猎狗逃跑，便问：“你为什么如此仓皇逃窜？”

大猎狗说：“我知道，我虽吃住不愁、生活舒适，但命我去追逐熊和狮子，那我就离死不远了。”

那些狗似乎明白了什么道理，便说：“尽管我们缺衣少食、生活简陋，却不要去和凶猛的狮子或熊拼搏。”

寓意：荣华富贵、舒适安逸（yì）往往和危险相连，而清贫简陋的生活却是安全的。

猎狗和狐狸

有条猎狗追小动物追惯了，看见狮子，也追赶上去。当狮子回过头来大声吼叫时，它却吓慌了，掉头向后便逃。狐狸见状，说，“胆小鬼！一声吼都受不住，你还去追什么狮子？”

寓意：有些千方百计表现自己强大的人，当他们面对强者时，却会立刻被吓得落荒而逃。

猎狗和野兔

猎狗抓住了一只野兔，一会儿咬它，一会儿舔（tiǎn）它的嘴唇，不断地作弄它玩。野兔竭力抗拒，并对猎狗说：“喂，你这家伙，请你不要又咬又亲，这样的话，我难以判断，你究竟是我的敌人，还是我的朋友。”

寓意：两面派的朋友比真正的敌人更加危险。

猎狗和野兔赛跑

一只猎狗跟随着牧羊人外出打猎，发现了一个兔子窝，于是准备扑上去将兔子叼（diāo）到主人面前邀（yāo）功请赏。但是，机灵的兔子很快就意识到了自己危险的处境，拔腿就跑。猎狗一直跟在兔子的后面追赶着，可是追了很久仍未抓到。

猎狗一无所获，垂头丧气地回来了。牧羊人见此情景，讥笑猎狗说：“和兔子相比你要大而有力得多，但是兔子反倒比你跑得快，你真是没有用，今天的午餐（cān）你就不用吃了。”

猎狗听后立即回答说：“主人你有所不知。虽然我们都在跑，但是我和兔子的跑是完全不一样的！我仅仅为了一顿饭而跑，而它却是为性命而跑啊。”

寓意：生死攸（yōu）关的时候往往能激发一个人最大的潜能。

饥饿的狗

几只饥饿的狗，看见河里浸（jìn）泡着一张兽皮，它们使劲够也够不着。于是，便互相商定，大家一起喝干河水，以便得到那张兽皮。结果，还没等到去拿兽皮时，它们的肚皮都被河水涨破了。

寓意：不量力而行，辛辛苦苦追求希望渺（miǎo）茫的利益，其结果，不但所希望的东西没得到，反而会付出惨重的代价。

恶狗

有一只狗天生野性，经常咬伤邻居。狗的主人只好在狗的脖子上挂一个重重的铃铛。因此无论狗走到哪里，都会引起注意。狗对于脖子上的这个铃铛却引以为傲，满街乱跑，走到哪里都叮当响。

一只老猎狗对它说："你为什么还到处跑呢？你戴着那个铃铛，并不是什么光彩的事，正好相反，这是一种耻辱的象征，是在向所有的人提醒，叫人们避开你这粗野的狗。"

寓意：以耻为荣，比不以为耻更为可悲。

做客的狗

一天，有个人大摆酒席，设宴招待亲朋好友。这人家里的狗也高兴地跑去请另一只狗，说："朋友，快走，请你和我一起去赴宴。"

那狗兴高采烈地跑来，见到如此丰盛的筵（yán）席，心里暗暗地说："太好啦！真想不到天底下还有这么多好吃的！让我饱吃一顿，明天肚子都不会饿。"它独自窃喜，不停地摇着尾巴，十分信任地看着它的朋友。

正在这时，厨师看见狗尾巴在那里四处乱摇，立刻抓住他的腿，从窗口丢到外边去了。那狗摔得大声叫唤着，惊慌地跑了回去。路上别的狗遇见它时，都问："朋友，宴会怎么样呀？"

它回答道："我喝得太多了，已经醉了，所以记不清回去的路了。"

寓意：对那些慷他人之慨的人绝不可信任。

衔着肉的狗

一条狗找到了一块肉，衔（xián）着肉往回走。路过一条河时，狗看见了自己在水中的倒影。狗还以为是另一条狗衔着一块更大的肉。看到那块大肉，狗十分眼馋（chán），决定去抢那块更大的肉。于是，它扑到水中想抢那块更大的肉。结果，它不但没有抢到肉，原有的那块肉也被河水冲走了。

寓意：贪婪（lán）的人想得到更多，最后却一无所获。

马槽中的狗

一条狗躺在马槽中，不停地叫，不让马吃干草。一匹马对同伴说："这条狗太自私了！它自己不会吃干草，还不让会吃的去吃。"

寓意：这是讽刺那些总是不愿别人得到好处的人。

小狗和青蛙

炎热的夏天，小狗随同主人赶路，奔跑了一天也没有休息。到了晚上，小狗便躺在池塘边潮湿的草地上，昏昏沉沉地睡着了。小狗睡得正香时，池塘旁的青蛙像往常一样，齐声哇哇地叫了起来。小狗被青蛙的叫声吵醒了，很不高兴。小狗心想，如果跳起来，狂叫几声，吓唬吓唬它们，定能使它们不再吵闹了，然后自己再舒适地睡上一觉。小狗接二连三地喊了几次，可是毫无作用，便十分气愤地说："我真是太愚蠢了，这些天生爱吵闹的东西怎么会变得文质彬彬、体贴他人呢？"

寓意：那些骄傲自大的人总是目空一切、为所欲为，不顾他人。

两条狗

有个人养了两条狗。他把其中的一条驯养成猎狗，用来狩猎；另一条狗则用来看守家门。每次猎人带着猎狗出去打猎，获得什么猎物，总是分给看门狗一些。猎狗对此很不高兴，便指责看门狗，说自己每次出去打猎都四处奔跑，十分辛苦；而看门狗什么都没有做，却坐享其成。看门狗对猎狗说："你别责怪我，应该去责怪主人，是他不叫我去打猎、让我坐在家中享受别人的劳动果实的。"

寓意：不要责怪孩子的懒惰，因为是父母把他们惯成这样的。

母狗和她的小狗

一条母狗将要生产小狗了，它急切地跑去请求牧人给它一处生产的地方。它的要求被答应后，又请求给它一处地方抚养小狗，牧人也应允了。然而，当小狗长得身高体壮后，这条母狗竟对牧人提出，对这块地方它有独占的权利，不准别人靠近。

寓意：有些人总是贪得无厌，欲壑（hè）难填。

贼和看家狗

一天深夜，一个贼悄悄地翻入一户人家的院子里。为了防止看家狗的叫声惊醒主人，贼特意随身带了几块肉。当贼把肉给狗吃的时候，狗说：“你若想这样来堵住我的嘴，那就大错特错了。你这样无缘无故、突如其来地给我肉吃，一定是别有用心、不怀好意的，肯定是为了你自己的利益，想伤害我的主人。”

寓意：连忠心的狗都不受贿赂（huì·lù），人更应该如此。

铁匠与小狗

铁匠家有一条狗。他打铁时，狗就睡觉；吃饭时狗便立刻跑到铁匠的身旁摇头摆尾，讨好主人。铁匠扔给狗一块骨头，并说道：“你这家伙，总是贪睡。为什么那沉重的打铁声丝毫没影响你的睡眠，而我们吃饭时轻微的响声却能惊醒你呢？”

寓意：那些唯利是图的人，对于对自己有利的事就专心致志，对于对自己无利的事则不闻不问。

猫和公鸡

一只猫抓到一只公鸡，并想出了吃鸡的借口。猫指责公鸡每天天不亮就鸣叫，使人不能安睡，人们都讨厌公鸡。公鸡辩解说：“我是为了人们的利益而啼叫的，那样可以使人们按时起床工作。”猫回答说：“尽管你说得似乎合理，但我总不能不吃晚餐（cān）。”于是，毫不客气地把公鸡吃掉了。

寓意：坏人干坏事总是能找到借口的。

猫和鸡

有一天，猫不怀好意地、假惺（xīng）惺地举办生日宴会，请鸡来赴宴。鸡刚一到，猫立刻就关上大门，把鸡吃掉了。

寓意：对敌人不要抱有任何美好的希望，否则将遭受更大的不幸。

猫和生病的鸡

猫听说母鸡生病了，便装扮成医生，去给母鸡看病。猫走到鸡窝前面，询问鸡："你哪里不舒服，让我来给你看看。"

鸡回答说："谢谢你，只要你离开这儿，我就不会死。"

寓意：坏人即使装出十分善良的样子，聪明的人也会知道他们是口蜜腹剑的人。

猫和鼠

从前，有一户人，家里有许多老鼠。猫知道后，便跑到那里去，毫不留情地抓住一只消灭一只。老鼠因为不断被杀，都躲入鼠洞里。猫再也不能抓到它们，就想出妙计来引鼠出洞。猫爬在一个木橛（jué）上，吊在上面装死。有只老鼠出来窥（kuī）探一下，见到猫的情形，说，"呵，伙计，你哪怕变成一只皮袋，我也决不到你的跟前去呢。"

寓意：聪明人吃一堑（qiàn），长一智，不会再受伪装的欺骗。

鹦鹉与猫

有人买回一只鹦鹉（yīng·wǔ），精心地饲养，让它自由自在地生活。这只被驯养的鹦鹉，高兴得不停地叫唤。一只家猫看见了它，问它是谁、哪来的。鹦鹉答道："我是主人刚买来的。"

猫说："你这胆大的东西，怎么刚来就这么叽叽喳喳地叫。我是这里长大的，主人都不允许我这样做。有时若这么做了，他会大发脾气，赶我出去。"

鹦鹉回答说："你最好赶快出去。主人喜爱我悦耳的声音，而讨厌你的叫声。"

寓意：讽刺那些总是对别人妄加评论的人。

老鼠开会

很久很久以前，老鼠们因深受猫的侵袭，感到十分苦恼，它们一直在想办法摆脱猫的困扰。

一天，老鼠们又在一起开会，商量用什么办法来对付猫，以求平安。

会上，大家提出来了各种各样的主张，但都被否决了。最后，一只小老鼠站起来提议："在猫的脖子上挂个铃铛，只要听到铃铛一响，我们就知道猫来了，便可马上逃跑。"

大家对小老鼠的建议报以热烈的掌声，并一致通过。这时，坐在一旁的一只年老的老鼠站起来说："小

鼠想出的这个办法是非常绝妙的，也是十分稳妥的；但还有一个小问题需要解决，那就是派谁去把铃铛挂在猫的脖子上？”

寓意：想出一个好主意也许不难，但实现主意就不那么容易了。

老鼠与黄鼠狼

老鼠与黄鼠狼打仗，老鼠每次都被打败。老鼠们聚在一起查找失败的原因，商量对付黄鼠狼的对策。经讨论大家认为，是因为没有将军来统帅，所以屡次失败。于是老鼠选举出了几个将军做统帅。这些将军为了使自己显得与众不同，做了些角绑在头上。

老鼠与黄鼠狼之间的战事又起，老鼠再次被打败。别的老鼠很容易地逃进了洞里，而那些将军因头上有角不能钻进去，全都被黄鼠狼吃掉了。

寓意：对于许多人来说，虚荣确实是不幸的根源。

老鼠与青蛙

老鼠和青蛙成了好朋友。它们有好吃的东西就一起吃，有好玩儿的东西就一起玩儿。为了永远不分离，青蛙把老鼠的脚和自己的脚绑在了一条绳子上。开始，它们在陆地上行走，还一切正常。当来到池塘边时，青蛙把老鼠带到了水里，青蛙在水里嬉戏玩耍，高兴得呱呱叫。可怜的老鼠在水里没有坚持多长时间，就淹死了。

不久，老鼠浮出水面，但它的脚仍和青蛙绑在一起。鹰飞过池塘时，看见了老鼠，冲下来把老鼠抓了起来，青蛙跟着也被绳子提出了水面，青蛙和老鼠一起都成了鹰的美餐（cān）。

寓意：与别人关系太亲密，在灾难降临时，往往会受到牵连。

田鼠与家鼠

田鼠与家鼠是好朋友，家鼠应田鼠之约，去乡下做客。

家鼠一边吃着大麦与谷子，一边对田鼠说："朋友，你这是过着蚂蚁一般的生活。你从来没有到城里去过吧？我那里有很多好东西，去与我一起享受吧！"

田鼠听了家鼠的话以后，非常向往城里的生活。田鼠跟随家鼠来到城里，家鼠给田鼠看豆子和谷子，还有红枣、干酪（lào）、蜂蜜、果子。田鼠看得目瞪口呆，大为惊讶，称赞不已，并悲叹自己的命运，觉得自己以前真是白活了。

他们正要开始吃，有人打开了门，胆小的家鼠一听声响，害怕得赶紧钻进了鼠洞。当家鼠再想拿干酪时，有人又进屋里拿什么东西。他一见到有人，立刻又钻回了洞里。

田鼠哪里受过这样的惊吓，这时，田鼠也顾不上饥饿，战战兢（jīng）兢地对家鼠说："朋友，再见吧！你自己尽情地去吃、担惊受怕地享受这些好吃的东西吧。可怜的我还是去啃那些大麦和谷子，平平安安地去过你看不起的普通生活。”

寓意： 人们宁愿过简单平稳的生活，而不愿享受那充满恐怖的欢乐生活。

鼹鼠

鼹（yǎn）鼠的眼睛是瞎的，可有只小鼹鼠却对妈妈说它能看得见。妈妈想试验一下，便拿来一小块香喷喷的奶酪（lào），放在小鼹鼠面前，并问它是什么。小鼹鼠说是一颗小石头。母亲说：“啊，不幸的孩子，你不仅眼睛是瞎的，就连鼻子也不灵了。”

寓意： 那些爱吹牛说大话的人，常常夸海口能做大事，却在一些微不足道的事情上暴露了本质。

山羊与驴

有个人饲养着山羊和驴。主人总是给驴喂充足的饲料。嫉妒心很重的山羊便对驴子说：“你一会儿要推磨，一会儿又要驮沉重的货物，十分辛苦，不如装病，摔倒在山涧边，便可以得到休息了。”驴听从了山羊的劝告，摔得遍体鳞伤。主人请来医生，为驴治疗。医生说要将山羊的心肺熬汤作药给驴喝，才可以治好。于是，主人马上杀掉山羊来为驴子治病。

寓意：凡是策划作恶的人，终将自食其果。

山羊与牧羊人

牧羊人正在把很多山羊往羊圈里赶。有一只山羊不知在吃什么好东西，单独落在后面。牧羊人又是吹口哨、又是吆（yāo）喝的，但那只山羊还是不动。牧羊人生气了，拣起一块石头扔了过去，正巧打断了山羊的一只角。牧羊人吓得请求山羊不要告诉主人，山羊说："即使我不说，又怎能隐瞒下去呢？我的角已断了，这是十分明显的事实。"

寓意：明显的罪状是无法隐瞒的。

山羊与葡萄树

葡萄藤刚刚长出嫩绿的新芽，山羊就非常粗暴地去吃它。葡萄树对山羊说："你太残忍了，为什么要伤害我刚刚长出的新芽？难道地上没有青草了？吃了我的叶子，你会遭报应的。当你被宰了当祭品时，我将把酿成的酒洒在你身上。"

寓意：那些连嫩芽都不爱护的家伙只配承受责骂。

离群的羊和狼

有一只羊落在羊群后面，被狼所追赶。羊回过头来，对狼说：“狼啊，我知道我将成为你口中之食，不要让我默默无闻地死去，请你吹箫（xiāo），我来跳一会儿舞吧。”于是，狼吹着箫，羊跳起舞来，狗听到后跑来追赶狼。狼回过头来对小山羊说：“我真活该，我本是拿屠（tú）刀的，不该学着吹箫呀。”

寓意：有些人不守本分，最终往往会失败。

小猪与羊群

有头小猪混进了羊群里，和羊一起吃食。后来，牧羊人发现了它，小猪被捉住了。小猪边竭力嚎（háo）叫，边拼命挣扎。羊指责小猪大喊大叫，说：“我们常常被牧羊人捉住，可从来不像你这样叫喊。”小猪对羊群说：“我被捉与你们被捉是两件不同的事，捉你们仅为了毛或奶，捉我却是为了吃我的肉呀。”

寓意：真正的危险不是关系钱财，而是关系生命。

黄鼠狼与爱神

黄鼠狼爱上一个漂亮的青年，请求爱神将自己变为女人。爱神答应了它的请求，将它变成了一个美丽多姿的少女。那个青年人一见到她，就深深地爱上了她。当他们喜气洋洋地走进洞房时，爱神想要知道，黄鼠狼改变了外形后，习性会不会改变。爱神把一只老鼠放进他们的洞里。那女人见到老鼠，便忘记了自己的身份，立刻跳下床，去捉老鼠。爱神见此情形，十分气愤，又将黄鼠狼变回原来的模样。

寓意：本性恶劣的人，即使外形变了，本性仍难改变。

黄鼠狼与锉刀

黄鼠狼钻进一家铁匠铺，看见一把锉刀放在那里，就去舔（tiǎn）。结果锉刀把黄鼠狼的舌头刮破了，鲜血直流。但黄鼠狼还以为舔下了一些铁，非常兴奋，于是就继续舔。最后终于把自己的舌头全都舔掉了。

寓意：那些好斗的人最终害了自己。

蝙蝠与黄鼠狼

蝙蝠掉在地上，被黄鼠狼叼（diāo）了去，蝙蝠请求黄鼠狼饶命。黄鼠狼说绝不会放过它，自己生来痛恨鸟类。蝙蝠说自己是兽类，不是鸟，便被放了。后来蝙蝠又掉了下来，被另一只黄鼠狼叼住，蝙蝠再三请求黄鼠狼不要吃它。这只黄鼠狼说它恨一切鼠类。蝙蝠改口说自己会飞，是鸟类，并非老鼠，又被放了。这样，蝙蝠两次随机应变，终于死里逃生。

寓意：遇事随机应变方能避免危险。

鹿与葡萄藤

有只鹿为逃避猎人的追捕，躲藏在葡萄藤底下。猎人刚刚走过去不远，鹿就以为危险已经过去，便毫无顾忌地开始吃那茂盛的葡萄叶。猎人听见葡萄藤下沙沙的响声，又看见葡萄叶在抖动，马上意识到葡萄藤底下一定躲着什么动物，就朝着叶子抖动的地方射了一箭，正好把鹿射中了。鹿在临死前说："我真是活该，是葡萄藤救了我的命，我不应该去伤害救我的葡萄藤。"

寓意：那些恩将仇报的人必将受到惩罚（chéng·fá）。

鹿与狮子

一只鹿口渴了，跑到泉边去喝水。它喝着甘甜的泉水，望着水里自己的影子，看见自己美丽的双角，为自己有这样美丽的角而沾沾自喜。当见到自己的腿那么细小时，又闷闷不乐起来。正当它看得入神时，有头狮子朝这边奔来。鹿转身拼命地逃跑，一下子就把狮子远远地甩在了身后。因为鹿跑得比狮子快，在空旷的草原上，鹿总能逃出狮子的魔爪、保住性命。但当鹿跑到树林中时，美丽的双角被树枝挂住，再也无法奔跑了，就被跟踪而来的狮子捉住、吃掉了。鹿临死之前自言自语地说："我真不幸！我引以为自豪的双角竟断送了我的生命。"

寓意：美丽的东西不一定有用，甚至还会坏事。

鹿、狼和羊

鹿跑去向羊借一斗大麦，并说狼可以为它担保。羊怀疑鹿是存心欺诈，便说："狼常常抢夺它所要的东西，而你跑得比我快得多。如果你不偿还，我有什么办法呢？"

寓意：不要相信那些不值得相信的人，不要借钱物给那些根本不打算偿还的人。

牛栏里的鹿

一只鹿被猎狗追赶得很急，跑进一个农家院子里，恐惧不安地混在牛群里躲藏起来。一头牛好意地告诫他说："喂！不幸的家伙！你为什么要这样做，你将自己交到敌人手中，这不是自投罗网吗？"

鹿回答说："朋友，只要你允许我躲在这里，我便会寻找机会逃走的。"

到了傍晚，牧人来喂牲口，他们并未发现鹿。管家和几个长工进进出出好几次，也没注意牛栏里有鹿。鹿庆幸自己安全，便向那头好意劝告过它的牛表示衷心的感谢。另一头牛说："我们固然想保护你，但现在还不能完全放心。另外还有一个人要进牛栏，他对于一切都十分细心。只有他来过后，你的生命才算安全。"

这时，主人进来了，一边埋怨牛饲料分配得不好，一边走到草架旁大声说："怎么搞的，只有这么一点点草料？牛栏垫的草也不够一半。这些懒虫连蜘蛛网也没打扫干净。"当他在牛栏里走来走去检查每样东西时，发现了鹿的角，便叫来人捉住这只鹿，把鹿捉住杀掉了。

寓意：这是说，在逃避一种危险时，不要忽视另一种危险。

一只眼睛的鹿

有头鹿，瞎了一只眼睛。在海边吃草时，它就用那只好的眼睛注视着陆地，防备猎人或野兽的攻击，而用瞎了的那只眼对着大海。它认为，大海那边不会发生什么危险。不料有猎人乘船从海上经过这里，看见了这头鹿，一箭就把它射倒了。鹿将要咽气的时候，自言自语地说："真是不幸，我防范着陆地那面，而我所信赖的大海这面却给我带来了灾难。"

寓意：事实常常与我们的预料相反，以为是危险的事情倒很安全，相信是安全的却很危险。

小鹿与它的父亲

有一天，小鹿问公鹿："爸爸，你怎么还怕狗呢？你个子比狗高大，跑得比狗快，而且你还有很大的角用于自卫。"

公鹿笑着说："孩子，你说得都对，可我只知道一点，我一听到狗的叫声，就会不由自主地立刻逃跑。"

寓意：激励那些天生胆小、软弱的人毫无用处。

骡子

有匹吃大麦长大的骡子很强壮。每当骡子跳跃时，总是自言自语地说："我父亲一定是一匹能奔善跑的马，我非常像它。"有一天，因为需要，骡子不得不被拉去不停地跑路。回来后，骡子才愁眉苦脸地想起自己的母亲是驴。

寓意：人们如遇好运出了名，也千万不要忘记自己的本性，因为生活如同潮起潮落，前途难以预测。

骡子和强盗

两匹满载背包的骡子长途跋涉，一匹驮着装满财宝的背包，另一匹驮着装满谷物的背包。驮着财宝的骡子昂着头，不断地摇动系在颈部的铃，使之发出清脆的声音。它趾（zhǐ）高气扬地走着，仿佛知道所载东西的价值。而那一匹驮着谷物的骡子却以恬（tián）静、安闲的步伐跟着走。突然，一伙强盗从隐蔽的地方冲出来打劫，在格斗中，一个强盗用刀刺伤了那驮财宝的骡子，将财宝抢劫一空。而那驮着谷物的骡子根本没有引起强盗的注意。受伤的骡子哭诉它的不幸，另一匹骡子却说："我很高兴强盗不看重我，我没一点损失，也没有受伤。"

寓意：财富并不值得夸耀，倒是要小心它会带来灾难。

骆驼与宙斯

牛到处炫（xuàn）耀自己有一对漂亮的角。骆驼见了，羡慕不已，心想自己要是也长两只漂亮的角那多美啊。于是，骆驼去找众神之神宙斯，请求宙斯给它一对角。宙斯因为骆驼不满足已有庞（páng）大的身体和强大的力气，还妄想得到更多的东西，非常生气，不仅没让骆驼长角，还把骆驼的耳朵砍掉一大截，从此骆驼的耳朵成了小耳朵。

寓意：有的人因为贪得无厌，一见别人的东西就眼红，不知不觉连自己已有的东西也失去了。

猴子与骆驼

在动物们的集会上，猴子登台跳舞，深受欢迎，赢得大家的称赞，个个为之喝彩。骆驼十分嫉妒猴子，它也想获得大家的喝彩。于是，骆驼站了起来，自我得意地显示自己的舞技，结果，它那怪模怪样的舞姿，洋相百出，使动物们大为扫兴，动物们就用棍棒打它，把它赶跑了。

寓意：不顾自身条件盲目模仿他人的人，只能自讨苦吃。

猴子与小猴

一个猴子生了双胞胎，它只宠爱其中的一个，对其细心抚养，特别爱护；而对另一个却十分嫌弃，毫不经心。但不知是什么神的力量，那个为母亲宠爱、细心抚养的小猴，被紧紧抱在怀里而窒息死了；而那个被嫌弃的小猴却得以茁壮成长。

寓意：过分的关心、宠爱对孩子的成长不利。

猴子与渔夫

有只猴子坐在一棵大树上，看见渔夫在河里撒网，便仔细看渔夫的动作。一会儿，渔夫收起了网，吃饭去了。猴子便连忙从树上爬下来，想模仿渔夫捕鱼。但猴子一拿起网，反把自己套住了，差一点被淹死。猴子自言自语地说："我真是活该！我没有学会撒网，还抓什么鱼呢？"

寓意：不要不假思索地模仿不适合自己的行为。

猿猴和两个人

从前有两个人，一个总爱说实话，一个却只说谎话。有一次，他们偶然来到了猿猴国。一只自称为国王的猿猴吩咐手下捉住这两个人，它要询问这两人对它的看法。同时它还下令，所有的猿猴都要像人类的朝廷仪式那样，在它左右分列成两行，中间给它放一个王位。一切准备妥当后，它发令，将那两人带到面前来。他对那两个人说："先生们，你们看，我是怎样的国王？"

说谎的人回答说："在我看来，你就像一个最有权力的国王。"

"那旁边的这些猿猴呢？"

那人连忙说："它们都是你的栋梁之材，至少都能做大使和将帅。"那猿猴国王和他的手下听到这番谎话，十分得意，高兴地吩咐将美好的礼物送给这个阿谀（ē·yú）奉承的人。那位说真话的人见到这般情形，心想："一番谎话可得这般丰厚的报酬，那么，若我依照习惯，说了真话，又将怎样呢？"这时，那猿猴国王转过身来问他："请问你觉得我和我的这些朋友怎么样呢？"

他说道："你是一只最优秀的猿猴，依此类推，你的所有同伴都是优秀的猿猴。"猿猴国王听到这些真话后，恼羞成怒，将说真话的人交给手下去处置。

寓意：许多人宁愿相信谄媚（chǎn·mèi）的假话，却不爱听道出实质的真话。

动物王国

在动物王国里，有只狮子做了国王。它善良、温和，处事平和、公正；它惩恶扬善，公平地裁决动物之间的纠纷，使所有的动物和睦相处。胆小的兔子说：“我祈祷（qí·dǎo）能过上这样的日子，那时弱者就不怕被强者伤害了。”

寓意：在正义的国家里，一切事都公平处理，弱小者的生活也会平安。

孔雀和白鹤

孔雀看不起白鹤羽毛的色泽，它一边张开美丽的羽毛，一边讥笑白鹤说：“我披挂得金碧辉煌、五彩缤纷；而你的羽毛一片灰暗、十分难看。”白鹤说道：“可我翱翔（áo·xiáng）于太空，在星空中歌唱；而你却同公鸡和家禽一般，只能在地上行走。”

寓意：穿戴简朴而志趣高洁的人，远胜于披金戴银而平庸凡俗的人。

孔雀和天后赫拉

孔雀向赫拉说:"夜莺以悠扬、动听的歌声,深深地打动了人们的心,使大家十分喜爱它。而我一开口唱歌,便遭到听众们的嘲笑。"天后赫拉安慰孔雀说:"但你的外表和身材是出类拔萃(cuì)的。绿宝石的光辉闪耀在脖子上,开屏时,羽毛更是华丽富贵、光彩照人。"孔雀说:"既然在歌唱上我远远不及他人,这种无言的美丽,对我又有什么用呢?"赫拉回答说:"各人有各人的命运,这是由命运之神所注定的。他注定了你的美丽、老鹰的力量、夜莺的歌唱、乌鸦的凶征。所有鸟类都满意神所赋予它们的东西。"

寓意: 人要接受自己的优点,也要接受自己的缺点,任何事和任何人都不可能十全十美。

孔雀与寒鸦

鸟类在一起商议选举鸟王,孔雀认为凭自己的美丽漂亮,应该被选为鸟王。众鸟正在准备一致推举孔雀为王时,寒鸦问孔雀:"若你做了国王,鹰来攻击我们时,你能保护我们吗?"

寓意: 衡量一个人,不能只看外貌,重要的是得看他的能力和智慧。

乌鸦和羊

一只讨厌的乌鸦站在羊背上。羊很不情愿地载着乌鸦走了很久，最后说道："你如果这样站在狗的身上，狗早就把你撕成碎片了。"

听完这话，乌鸦回答说："我就是欺软怕硬。我知道能欺侮谁，应该奉承谁。所以我才能保住性命、活得长久。"

寓意： 那些唯利是图的小人总是欺弱怕强。

乌鸦与渡鸦

渡鸦能为人们占卜吉凶、预测未来，被人们视为神鸟。乌鸦十分羡慕，也想这样做。它看见有些行人路过时，便飞到一棵树上，大声地叫了起来。行人们惊奇地听到乌鸦的声音，转过头来看了看。其中一个人说："朋友们，我们赶快走吧，这是一只乌鸦，它的叫声不会有任何征兆。"

寓意： 没有本领，还要冒充内行，到头来只能招人耻笑。

乌鸦与狗

有一次，乌鸦祭祀（sì）智慧女神雅典娜，请狗来赴宴。狗对乌鸦说："你怎么舍得花这么多钱办这毫无用处的祭祀呢？那女神不是很厌恶你，使得你的预兆一点都不灵吗？"

乌鸦回答说："正因为这样，我才给她祭祀，我知道她一向不喜欢我，总是跟我过不去，但我要以祭祀与她和解。"

寓意： 许多人恐惧敌人，不惜代价想与他们和解。

乌鸦与蛇

有只饥饿的乌鸦四处觅（mì）食，看见一条蛇正熟睡在温暖的阳光里，便猛扑下去抓住了它。惊醒的蛇回过头来，咬了乌鸦一口。乌鸦临死时说："我真不幸！我虽找到了可口的食物，却丢掉了生命。"

寓意： 有些人为了寻找财宝，不惜用生命去冒险。

乌鸦与神

有只乌鸦被捕鸟夹夹住了，它祈（qí）求光明之神阿波罗，说若能救它脱险，将供奉贵重物品。阿波罗解救了它，但它却把许的愿丢到了脑后。不久，它又被捕鸟夹夹住了，它再不敢求阿波罗，只好向财神赫耳墨斯许愿。赫耳墨斯对它说：“你这坏东西，你背弃和欺骗别人，我怎么还会相信你呢？”

寓意：那些忘恩负义的人遇到灾难时，谁也不会去救他。

乌鸦与天鹅

乌鸦看到天鹅那洁白无瑕的羽毛，就十分渴望自己也能拥有那样一身漂亮、纯白的羽毛。

乌鸦猜想，天鹅那纯白的羽毛，肯定是因为它在水中经常嬉戏清洗的缘故。于是，它离开附近的那些它经常从中觅（mì）食的祭坛，在湖泊和池塘里居住了下来。

可是，无论乌鸦怎样反反复复地清洗自己的羽毛，其羽毛的颜色却一点也没有改变；而它却因为没有东西吃而饿死了。

寓意：人的本性不会随着生活方式的改变而改变。

乌鸦与鹰

鹰从高空直冲下来，把一只羊羔抓走了。一只乌鸦见到后，非常羡慕，很想仿效一下。于是，乌鸦呼啦啦地猛扑到一只公羊背上，狠命地拍打想把羊带走。然而它的脚爪却被羊毛缠住了，怎么也拔不出来。尽管它不断地使劲拍打着翅膀，但仍飞不起来。

牧羊人见到后，跑过去将乌鸦一把抓住，剪去了它翅膀上的羽毛。傍晚，牧羊人带着乌鸦回家，交给了他的孩子们，让孩子们玩儿。孩子们问这是什么鸟，牧羊人回答说，“这确确实实是一只乌鸦，可它硬要充当老鹰。”

寓意：仿效别人却做自己力所不能及的事，不仅得不到什么益处，还会给自己带来不幸，并且受到世人的嘲笑。

口渴的乌鸦

一只乌鸦口渴了，到处找水喝。它飞到一只大水罐旁，水罐里的水不多，它想尽了办法，仍喝不到水。于是，它就使出全身力气去推水罐，想把水罐推倒，倒出水来喝，而水罐又大又重，怎么也推不动。这时，乌鸦想起了它曾经使用过的办法，用嘴叼着石子投到水罐里，随着石子的增多，罐里的水也就逐渐地升高了。最后，乌鸦终于喝到了水。

寓意：智慧往往胜过力气。

寒鸦与乌鸦

有只寒鸦身体格外强壮，比其他寒鸦大得多。于是，它就瞧不起自己的同伴，自以为是地跑到乌鸦那里，想与乌鸦们共同生活。乌鸦们很快从它的形状和声音中认出它是寒鸦，并一齐啄（zhuó）它、赶它，把它驱逐出来。被赶出来后，它又只好回到寒鸦那里。然而曾受到它侮辱的寒鸦们十分愤慨，一致不同意收留它。

结果，这只寒鸦就变得无家可归了。

寓意：那些看不起自己的亲人和同伴的人，既不会受到外人的欢迎，又会被同胞们所不齿。

寒鸦与鸽子

寒鸦看见一群不愁吃喝的鸽子舒适地住在鸽舍里，便将自己的羽毛全都涂成白色，跑到鸽舍里，与鸽子一起过活。寒鸦一直不敢出声，鸽子便以为它也是只鸽子。可是，有一次，寒鸦不留心，发出了一声叫声，鸽子们立刻辨认出了寒鸦的本来面目，将寒鸦赶了出来。寒鸦只好又回到它的同类那里。然而它的毛色与以前不同了，寒鸦们不认识它，也把它赶了出来。就这样，这只寒鸦本想贪得两份，最后却一份都没得到。

寓意：人们应该满足于自己的所有，贪得无厌，最后只会一无所获。

寒鸦与狐狸

有只饥饿的寒鸦站在一棵无花果树上。它发现无花果又硬又青，便一直守在那里等候无花果长大成熟。狐狸看见寒鸦老是站在那里，就去问明其中的原因，随后说："哎呀，朋友，你真糊涂，你只知一味等待是没用的，那只能欺骗你自己，而决不能填饱你的肚子。"

寓意： 一味等待不如努力行动。

海鸥和鸢

一只海鸥吞吃了一条很大的鱼，胀破了它的肚子，躺在海滩上等死。一只鸢（yuān）看见后说："你真是自作孽（niè）啊！你本是空中飞的鸟，不该到海里去找食物。"

寓意： 每个人都应该安分守己。

燕子与鸟类

从前，有一种树能产生粘鸟胶，当这种树刚发芽时，燕子就预感到鸟类将大难临头。于是，燕子召集鸟类，劝说它们一定要把所有这种树弄死。如果做不到，就马上飞到人那里去，向人们求助，请求他们不要用粘鸟胶来捕捉鸟类。所有的鸟都取笑燕子，认为它是说傻话。燕子无奈便独自飞到人那里，请求保护。人们认为燕子聪明、机智、善良，便答应了燕子的请求，允许燕子和人们住在一起。结果，别的鸟类常被人捕捉，成为人们的美食。唯独燕子幸免于难，在人们家里平平安安地筑巢、无忧无虑地生活。

寓意：未雨绸缪（chóu · móu）的人能避免危险。

鹰与屎壳郎

鹰正在追逐一只兔子。兔子一时无处躲藏，只好拼命地奔跑。这时，正巧看见一只屎壳郎，兔子便向它求救。屎壳郎一边安慰兔子，一边向鹰恳求不要抓走向它求救的兔子。而鹰却没有把小小的屎壳郎放在眼里，还当着屎壳郎的面把兔子吃掉了。

屎壳郎极为遗憾，深感受到侮辱，它决心报复鹰。从此以后，屎壳郎总是盯着鹰不放，不管鹰在哪里筑巢，只要鹰生了蛋，屎壳郎就飞上去，把鹰蛋推出巢，将蛋摔得粉碎。鹰四处躲避，后来竟飞到众神之神宙斯那里去，请求宙斯给她一个安全的地方生儿育女。宙斯容许它将蛋生在自己的衣兜里。屎壳郎知道后，就滚了一个大粪团，设法放在了宙斯的衣兜里。宙斯为了抖落粪团，把鹰的蛋也抖了下来、摔碎了。据说从那以后，屎壳郎出现的时节，鹰就不孵（fū）化小鹰。

寓意：不要看不起任何人，因为没有人弱小到连自己受了侮辱都不能报复的地步。

老鹰、猫和野猪

一只老鹰飞到一棵大橡树上筑了巢，在那里产卵，孵（fū）出了小鹰。一只猫跑到这棵树的树干上找到一个树洞，在那里生下小猫。一只母野猪带着小猪住在这棵树树根底下的洞里。猫想独占这块地方，便想出了一条诡计。猫先爬到老鹰巢边说：“你们真不幸啊！不久将要被毁灭。我们也很危险。你不妨看看，那树下的野猪天天挖土，想把这棵树连根拔掉。树一倒下，野猪就可以轻而易举地把我们的孩子抓去，给它的孩子吃。”吓得老鹰心惊胆战、惊惶失措，天天蹲在树枝上盯着树下的野猪。

然后，猫又爬下来，来到野猪洞里说：“你的孩子们非常危险，只要你出去为小猪找食，树上的老鹰就会把它们叼了去。”猫狠狠地吓唬了野猪一番后，假装自己也很害怕，躲进了树洞。

到了晚上，猫偷偷地跑出去为自己和孩子寻找食物。白天，猫仍装出一副恐惧的样子，整天躲在洞口守望着。于是，老鹰害怕野猪，静静地坐在枝头，不敢乱飞；野猪也害怕老鹰，不敢走出洞来。这样，老鹰和野猪以及它们的孩子都饿死了。猫和它的孩子便把老鹰和野猪作为自己的食物了。

寓意：要警惕那些两面三刀、挑拨离间的恶人。

夜莺与老鹰

一只夜莺站在一棵大树上，像往常一样歌唱着。饥饿的老鹰便猛飞过去将夜莺抓住。夜莺临死时，请求鹰饶了自己，说："我的个子太小了，难以填满你饥饿的肚子，如要彻底解决饥饿问题，你应当去抓捕更大的鸟。"

老鹰回答说："我若放弃了手中现成的食物，再去追求看不见的东西，那我岂不成傻瓜了么。"

寓意：那些为贪图更大的利益而放弃已到手的东西的人，是愚蠢的。

金丝雀与蝙蝠

挂在窗口笼里的金丝雀，在夜里歌唱。蝙蝠听到后，飞过来问它为什么白天不唱歌，在夜间却放声歌唱。金丝雀回答说："我是在白天唱歌时被捉住的，从此，我变得谨慎了。"蝙蝠说："你现在才懂得谨慎已没用了，你若在被捉住之前就懂得谨慎，也不至于被捉住呀！"

寓意：不幸的事发生之后，后悔是徒然的。

麻雀和野兔

一只野兔被老鹰抓住了，十分悲伤和痛苦，它的哭叫声如同孩子哭一般。这时，一只麻雀指责它说："你飞快的速度怎么不见了？你的脚为什么跑得这么慢？"麻雀正说着，另一只老鹰飞来，突然抓住麻雀，将它吃掉了。野兔见后，心安地说："唉！它刚才还幸灾乐祸呢，现在自己也遭到同样不幸的命运了。"

寓意： 见人遭受危难时，切不可幸灾乐祸。

蛇、黄鼠狼与老鼠

蛇、黄鼠狼与老鼠同住在一座房子里，老鼠常常被蛇和黄鼠狼吃掉，所以老鼠总是不敢出来。有一天，蛇和黄鼠狼在打架。老鼠一见它俩在打架，便纷纷跑出来。然而，它们双方一见到老鼠，便立刻停止了厮杀，一齐朝老鼠扑过去。

寓意： 那些自行卷入政客们争权夺利纷争中的人，不知不觉地成了政客们的牺牲品。

公鸡和宝石

一只公鸡在麦秸垛里刨来刨去，打算为自己和母鸡寻找一些可口的食物。它忙忙碌碌地刨了好长时间，没有找到食物，却发现了一块闪闪发光的宝石。

公鸡歉意地对宝石说："如果发现你的不是我，而是你的主人，我相信他一定很高兴，也会对你倍加珍惜的。但是很遗憾，你对我来说没有一点用处。我需要的是食物，在我眼里你还不如一颗普普通通的麦粒有价值。”

寓意：自己需要的东西才是真正珍贵的。

两只打架的公鸡

两只公鸡为了争抢一只漂亮的母鸡，互相打了起来。它们打得很激烈，几个回合之后还是难分高下。最后，一只公鸡把另一只给打败了。

那只被打败的公鸡感到十分羞愧，只好躲了起来。而那只胜利的公鸡却飞到高墙上大喊大叫，大声炫（xuàn）耀自己的成功。就在这时，一只威猛的雄鹰突然飞过来，将站在高墙上的公鸡抓走了。

骄傲的公鸡消失了，原先那只被打败的公鸡便跳了出来，轻而易举地得到了那只漂亮母鸡。

寓意：傲慢给人带来危害，谦卑带给人恩惠。

母鸡与燕子

母鸡发现了一个蛇蛋，便小心翼翼地孵（fū）化起来，并细心地啄（zhuó）开蛋壳。燕子看见后，说："傻瓜，你为什么要孵化这坏蛋呢？它一长大首先就会伤害你。"

寓意：尽管人们仁至义尽，本性恶劣的人也不会变好。

燕子与蟒蛇

有只在法院里做窝的燕子飞出去了。蟒（mǎng）蛇趁机爬进燕子窝里，把小燕子都吞食了。燕子回来后，发现窝空了，极其悲痛。另一只燕子飞来劝慰它，并说它不是唯一失去孩子的妈妈。它回答说："我这样悲痛，并不仅仅是由于失去孩子，而是因为这个受害的地方本是所有受害者都能求得帮助的地方。"

寓意：灾难来自最意想不到的地方时，最使人悲伤。

生金蛋的鹅

从前有一位农夫，养了一只每天都下一枚金蛋的鹅。但是利令智昏的农夫觉得一天只下一枚金蛋，速度实在太慢了。那人以为鹅肚里一定有金块，便把它杀了，以便将鹅的肚子剖开取出里面所有的金子。结果发现，这只鹅与别的鹅完全一样。农夫不但没能找到他所希望得到的更多的金子，却连生金蛋的鹅也失去了。

寓意：人们应该满足于现有的东西，切不可贪得无厌、杀鸡取卵。

天鹅与主人

传说天鹅临死前才唱歌。有人偶然遇见市场上有天鹅出售，还听说这只天鹅的歌声非常悦耳动听，便买了带回家。有一天，他设宴请客，让天鹅在席间唱歌，天鹅却始终没吭一声。后来，天鹅老了，知道自己死到临头，这才为自己唱起了挽歌。主人听到后说："如果你真是除临死之外、其余别的时间都不肯唱歌的话，那么我真是太傻了，那天叫你唱歌你不唱时，就应该把你杀了。"

寓意：许多人不愿意自愿去做某些事，总是在迫不得已时，才勉强去做。

鸟、兽和蝙蝠

鸟与兽宣战，双方各有胜负。蝙蝠总是依附强的一方。当鸟和兽宣告停战、大家和平相处时，交战双方明白了蝙蝠的欺骗行为。因此，双方都裁定蝙蝠犯有奸诈罪，并把蝙蝠赶出日光之外。从此以后，蝙蝠总是躲藏在黑暗的地方，只是在晚上才独自飞出来。

寓意：那些两面三刀的人，最终不会有好下场。

蛇和鹰

蛇和鹰互相交战，斗得难解难分。蛇紧紧地缠住了鹰，农夫看见了，便帮鹰解开了蛇，使鹰获得了自由。蛇因此十分气愤，便在农夫的水杯里放了毒药。当不知情的农夫端起杯子正准备喝水时，鹰猛扑过来撞掉了农夫手中的水杯。

寓意： 善有善报，好人一定能得到好报。

蛇与蟹

蛇与蟹住在一起。蟹总是真诚和友好地对待蛇，而蛇却阴险卑鄙。蟹经常劝告蛇要真诚、正直，而蛇却全当耳旁风。因此，蟹十分气愤、忍无可忍，趁蛇睡着时，把蛇掐（qiā）死了。蟹看着蛇僵直地躺在地上，说道："喂，朋友，现在你死了，也用不着真诚、正直了。你要是能听我的劝告，就不至于被杀了。"

寓意： 对有些人来说，也许他死了对人们还好一些。

蝮蛇和水蛇

蝮（fù）蛇常常到泉水边饮水。住在泉里的水蛇，对蝮蛇跑到自己的领地里来喝水非常不满，便出来阻拦。它们俩激烈地争吵起来，并约定交战。交战的日期决定之后，那些仇恨水蛇的青蛙，纷纷跑到蝮蛇那里，对蝮蛇说，可以助它一臂之力。

战斗开始了，蝮蛇向水蛇猛攻，可青蛙除叫唤外，什么也不能做。蝮蛇胜利后，责怪青蛙虽许诺助战，却不帮一把，只会唱个不停。青蛙对它说道：“啊，朋友，你知道，我们不是用手助战，而是用声音。”

寓意：在必须用手帮忙的时候，再好的言语也是毫无用处的。

被践踏的蛇

有条蛇常被人们所践踏，便跑去向宙斯告状。宙斯对他说：“你若咬了第一个践踏你的人，就不会再有第二个敢践踏你的人了。”

寓意：抵抗住第一个侵略者，其他的侵略者就会望而生畏、不敢来犯。

黄蜂和蛇

一只大黄蜂落在一条蛇的头上，不停地用毒刺去扎它，差一点置蛇于死地。忍受着极大痛苦的蛇不知所措。蛇无法回避这个小小的仇敌，怎么也吓不跑黄蜂。这时，一辆满载木材的货车驶来，蛇便有意地将头放到车轮底下，并说："让我和仇敌同归于尽吧！"

寓意：与其备受敌人的折磨，不如与他们同归于尽。

蚯蚓和蟒蛇

有一天，路旁的一条蚯蚓看见一条长长的蟒（mǎng）蛇正在睡觉，蟒蛇修长的身材令蚯蚓羡慕不已。蚯蚓心想，自己若有那样漂亮的身材该多好啊。于是，蚯蚓便爬到蟒蛇旁边，比着蟒蛇使劲地将自己拉长，不料用力过大，终于把自己的身体弄断了。

寓意：不根据实际情况，自不量力、盲目地模仿强者，对自己是没有好处的。

两只青蛙（一）

两只青蛙相邻而居。一只住在远离大路的深水池塘里，另一只却住在大路上的小水坑中。

住在池塘里的青蛙友好地劝住水坑的青蛙搬到池塘里去，说在那里将生活得更好、更安全。可是住在大路上小水坑里的青蛙却说舍不得离开习惯了的地方，不想搬来搬去。结果，被过路的车子压死了。

寓意：有些人在不良习惯中过日子，在他们没有醒悟以前，是有生命之忧的。

两只青蛙（二）

两只青蛙住在池塘里。夏天，池塘干涸（hé）了，它们不得不离开那里，四处寻找安身之处。它们来到一个很深的井旁，其中一只不假思索地对另一只说："喂，朋友，这里井水多好啊！让我们一起到这井里去住吧。"另一只回答说："这里的水如果也干了，我们怎么爬上来呢？"

寓意：凡事要三思而后行，切不可轻率从事。

青蛙求王

青蛙们没有国王，很不高兴。于是，它们便派代表去拜见众神之神宙斯，请求给它们一个国王。宙斯看到它们如此蠢（chǔn）笨，便将一块木头扔到了池塘里。青蛙最初听到木头落下的声音吓了一大跳，立刻都潜到池塘的底下去了。后来当木头浮在水面一点不动时，它们又游出水面来，终于发现木头没什么了不起的；大家便爬上木头，坐在它的上面，把开始时的害怕忘得一干二净。它们觉得有这样一个国王很没面子，又去见宙斯，请求给它们换一个国王，说第一个国王太迟钝了。宙斯感到十分生气，便派一条水蛇到它们那里去。结果青蛙都被水蛇抓去吃了。

寓意：迷信统治者，不相信自己的力量，只能受制于人、招致灾难。

野兔与青蛙

野兔的生活境遇很差，时常受到来自四面八方的敌人的围追堵截。有一次，许多野兔聚集在一起，为自己的胆小无能而痛苦难过，互相悲叹他们的生活中充满着危险和恐惧，还常常被人、狗和鹰以及别的许多动物屠（tú）杀。它们都觉得，与其一生心惊胆战，还不如一死了之的好。于是它们决定一起投水自尽，以图解脱。

这天，野兔成群结队地奔向池塘，准备集体自杀。本来池塘周围有许多青蛙，青蛙听到了那急促的跑步声后，立刻纷纷跳下池塘。跑在最前面的一只野兔，见到青蛙都跳到水中去了，连忙停下脚步，大声喊道："朋友们，快停下，我们不必吓得去寻死了！你们看，这里还有怕我们的动物呢！它们比我们更胆小。"

寓意：那些不幸的人们往往会以他人的更大的不幸来聊以自慰。

田螺

农夫的孩子在烧烤田螺吃时，听见田螺吱吱地响，便说："啊，你们这些可怜的东西，家都被烧了，还有心唱歌。"

寓意：那些不分场合的人常常受到人们的指责。

跳蚤和公牛

有一天，跳蚤（zǎo）问公牛："你这般高大强壮而且勇敢，为什么还终日去为人类耕作？而我这只区区的小虫，却能毫无顾忌地去叮咬人类，大口地吸他们的鲜血！"公牛回答说："因为人类对我好，所以我愿意为人类服务。人们都喜欢我，经常摸摸我的角、拍拍我的身体。我从中感受到了爱。"跳蚤说："你喜欢的这些爱的方式，我可受不了。人们一旦这样对待我，就会要我的命。"

寓意：得到怎样的待遇，就会采取怎样的态度去回报。

跳蚤和人

有一只小小的跳蚤（zǎo）在一个人身上跳上跳下，不断地叮咬他，弄得他极其难受。他一把抓住跳蚤，问道："你是谁？怎么在我身上四处叮咬，使我到处瘙（sào）痒难受？"

跳蚤说："请饶恕我，千万别捏死我！我们一直就是这样活着的，虽然不断地骚扰人们，但决不会去干更大的坏事。"

那人笑着说："罪恶不论大小，只要祸及别人，就决不能留情！所以我一定要捏死你。"

寓意：坏人无论大小都应坚决加以惩（chéng）治。

蚊子与公牛

一只蚊子飞来，落到公牛的角上，休息了很久。蚊子要飞走时，问公牛：“我现在要离开了，你是不是介意呢？”

公牛回答说：“你来时我一点儿都不知道，你离开时我怎么会在意呢？”

寓意：对于那些既软弱又无知的人，存在与否，人们都觉得无关紧要。

蚊子与狮子

有只蚊子飞到狮子面前说：“我一点儿也不怕你，我哪一点儿也不比你差。你的本事究竟有多大？你只会用爪子抓，用牙齿咬。这几招，女人也会。可我却比你要厉害得多。你若不信，我们不妨来比试比试。”蚊子吹着喇叭，猛冲上去，专咬狮子鼻子周围没有毛的地方。狮子想把蚊子拍死，就用爪子在自己的脸上乱拍、乱抓，结果把自己的脸都抓破了，却没有伤到蚊子一丝一毫。蚊子战胜了狮子，吹着喇叭，唱着凯歌，在空中飞来飞去，不料却被蜘蛛网粘住了。蚊子在即将被蜘蛛吃掉的时候，悲叹道：“我已战胜了最强大的动物，却要死在这小小的蜘蛛手里。”

寓意：骄傲是没有好下场的。有些人虽击败过比自己强大的人，但由于骄傲，也会被比自己弱小的人击败。

乌龟与野兔

野兔总是嘲笑乌龟行动迟缓，乌龟却不以为然，说："你别看我走路慢吞吞的，我们如果比赛长跑，你不一定能赢。"为此它们俩常常争论不休。

于是，它们商定进行一场长跑比赛，看看到底谁能赢。它们定好了比赛的时间和地点，到了比赛那天，它们俩都早早来到比赛地点。比赛一开始，它们俩都毫不松劲地往前跑。野兔是天生的飞毛腿，跑得快，一下子就跑出了好远。它回头一看，乌龟正在慢吞吞地朝前爬。当时正值中午，野兔又热又困，心想："我就是睡上一觉乌龟也追不上我。"野兔对比赛掉以轻心，就躺在路旁睡着了。乌龟深知自己走得慢，毫不气馁，不停地朝前奔跑。结果，乌龟超过了睡熟了的野兔，等野兔醒来时，乌龟已经到达了比赛的终点。

寓意：奋发图强的弱者也能战胜骄傲自满的强者。

乌龟与鹰

乌龟厌倦了在水里和地上的生活。它看见鸟儿在空中自由自在地飞翔，非常羡慕。便请求鹰教它飞行。鹰劝告它说："你不要想入非非，没有翅膀，是不能飞行的。这不是有没有技巧的问题。"

可是，乌龟再三恳求，说："你只要把我带到空中就行了。"

鹰经不住乌龟的苦苦哀求，便抓住乌龟，飞到高空。乌龟的感觉好极了，它兴奋地大叫："我会飞了！看我飞得多高！"然后乌龟让鹰把它放开，由它自己来飞。

鹰把乌龟松开后，还没来得及说什么，乌龟就迅速向下落，正巧落在了岩石上，被摔得粉身碎骨。

寓意：那些不切实际、好高骛（wù）远的人，必将失败。

蚱蜢和猫头鹰

一只猫头鹰每到晚上才出来吃东西，白天就睡大觉。有一天，正当它睡得很香时，被一只蚱蜢的声音吵醒了，它没法入睡，便请求蚱蜢停止鸣叫。蚱蜢却根本不理它，仍然叫个不停。猫头鹰不断地请求，蚱蜢反而越叫越响。猫头鹰被弄得无可奈何、烦躁不安。突然想到一个好计策，便对蚱蜢说："听到你动听的歌声，我已睡不着了。你的歌声如同阿波罗神的七弦琴一样动听。我将把青春女神刚送给我的仙酒拿出来，痛痛快快地畅饮一场。你若不反对，就请上来一起喝吧。"蚱蜢这时正口渴，又被这赞美之辞弄得忘乎所以，什么也没想就急忙飞了上去。结果，猫头鹰从洞中冲出来，把蚱蜢弄死了。

寓意：有些人有一点点本事就飘飘然、忘乎所以，忘记了自己的地位和处境，其结果，只能是自找苦吃。

金枪鱼与海豚

金枪鱼被海豚（tún）紧紧地追着，眼看要被捉住的时候，金枪鱼猛然一跳，不料跳得太远，搁浅在了岸边。紧追不舍的海豚也跟着金枪鱼猛地一跳，同样也搁浅在岸边。这时，金枪鱼回头看着奄奄一息的海豚说："现在我对死已无所畏惧了，因为我看见那造成这种结果的家伙也与我一同死去。"

寓意：看见那些造成别人不幸的人遭受不幸，便容易忍受不幸带来的痛苦。

小蟹与母蟹

母蟹对小蟹说："孩子，你不要横爬，应该直着走。"小蟹回答道："妈妈，请您在前面走，您怎样直走，我就照着你的样子走。"可是母蟹自己根本不会直走，于是小蟹说："妈妈，您真笨，连直着走都不会。"

寓意：教育者自己必须正直地生活、正直地做人，才能去教导别人。

蜜蜂和牧人

有个牧人发现树洞里有蜂蜜，就想偷走。这时，飞回来的蜜蜂一下子就把他包围了，并准备用毒刺刺他。牧人立刻说："我走，我走。我一点儿蜂蜜也不要，只要你们别刺我。"

寓意：不义之财不可取，否则将危害自己。

蜜蜂与养蜂人

有人走进养蜂人家里，见主人不在，便将蜂蜜偷走了。养蜂人回来看见蜂箱空了，就在蜂箱旁看看还有什么东西少了。这时，采蜜回来的蜜蜂看见他，都围住他用毒针刺。那人痛苦地对蜜蜂说："啊，你们这些家伙！不惩治那个偷蜜的人，却一个劲地来刺爱护你们的人。"

寓意：愚蠢无知的人不去提防坏人，却戒备朋友、以友为敌。

蜜蜂与宙斯

蜜蜂辛辛苦苦地采花酿蜜，可最后蜂蜜都被人拿走了。

蜜蜂不愿把自己的蜂蜜让人拿走，便飞到众神之神宙斯面前，请求给它们强大的力量，可以用针刺死那些接近蜂窝的人。

宙斯对蜜蜂的恶意感到愤慨，就做了这样的安排：只要蜜蜂蜇（zhē）了人，它的刺就丢失了，自己也会因此丧命。

寓意：不怀好意的人终将自食恶果。

蚂蚁

很久很久以前，蚂蚁本来是人。它们有田可耕、有地可种，但它们不满足于自己的劳动所得，不愿辛勤劳作，却很羡慕别人的东西，经常去偷邻居的果实。宙斯对他们的贪婪（lán）感到气愤，便把它们变成了现在称之为蚂蚁的小动物。虽然它们的模样改变了，本性却依然如旧。直到现在，它们仍在别人的田里走来走去，拾捡小麦和大麦，贮存在自己的窝里。

寓意：本性恶劣的人，即使受到了最严厉的惩罚，恶习也不会改变。

蚂蚁与鸽子

一只蚂蚁口渴了，爬到泉水旁去喝水，不幸被风吹到了水里。蚂蚁快要淹死的时候，在旁边树上休息的鸽子看见了，鸽子连忙折断一根树枝，扔到水里，蚂蚁赶紧爬了上去，脱离了危险。蚂蚁对鸽子的救命之恩万分感激。

后来，一个捕鸟人用网捕鸟，捕捉到了那只鸽子，正巧被蚂蚁看见了。蚂蚁便爬到捕鸟人的身上狠狠地咬了一口。捕鸟人用手去摸疼痛的部位时，手把网撒开了，鸽子趁机从网里飞走了。

寓意：人们应该知恩图报。

蚂蚁与屎壳郎

夏天，很多动物都悠闲自在地生活，只有蚂蚁忙忙碌碌，在田地里跑来跑去，搜集各种植物的种子，贮存冬天吃的食物。

屎壳郎惊奇地问："你为什么这样忙啊？"

蚂蚁什么也没说，只是自个儿忙自个儿的。

夏天过去就是秋天，不久冬天来了，冰封大地，牛粪被冻成了冰；屎壳郎找不到吃的，饿得嗷嗷叫，只好到蚂蚁那里乞（qǐ）食。

蚂蚁对它说："喂，伙计，如果夏天我劳动的时候你不是嘲笑我，而是也像我一样为冬天准备粮食，现在你还会这样忍饥挨饿吗？"

寓意：只有未雨绸缪（chóu · móu）的人才能避免灾难。

蝉与蚂蚁

冬季，蚂蚁正忙着把潮湿的谷子晒干。饥饿的蝉跑来，向蚂蚁乞（qǐ）讨食物。蚂蚁问蝉："你为什么夏天不去收集食物呢？"蝉回答说："那时没有时间，我忙于唱美妙动听的歌。"蚂蚁笑着说："你夏季如要唱歌，那么冬季就去跳舞吧。"

寓意：要不失时机地工作、劳动，才能丰衣足食；如果一味玩乐，只能挨饿。

苍蝇与蜂蜜

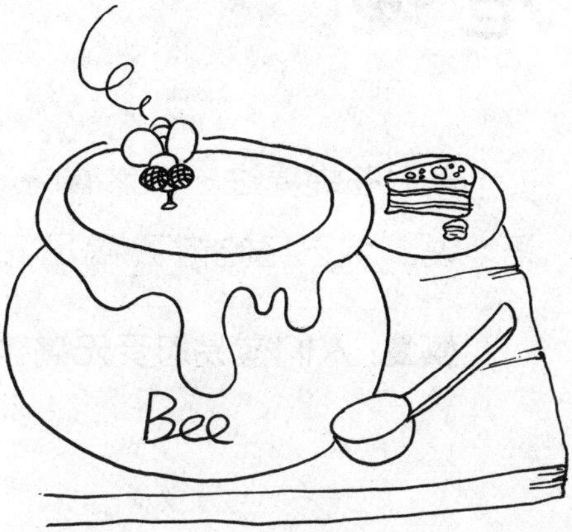

厨房里的蜜罐有蜂蜜漏了出来，许多苍蝇便飞去饱餐（cān）起来。蜂蜜太甜美了，苍蝇从来没有吃过这么好吃的美食，它们舍不得飞走。苍蝇贪婪（lán）地大吃特吃，吃了好久。然而，最后它们发现翅和脚都被蜂蜜粘住了，再也飞不起来了。它们后悔不已，嗡嗡乱叫："我们真不幸，因贪图一时的享受而丧了命。"

寓意：贪婪对于许多人来说都是灾祸的根源。

苍蝇和拉车的骡子

一只苍蝇叮在四轮车的车轴上，对拉车的骡子说："你为什么走得这么慢！干吗不跑快一点？看来需要我来叮咬你了。"

骡子说："我不怕你的恐吓（hè），我只在意坐在车上的人，他会用鞭子使我加快步伐，用缰（jiāng）绳拉我的头调整方向。你快滚开吧，别再啰嗦了，我非常清楚什么时候该快，什么时候该慢。"

寓意：不要自以为是，去做那些超越自己范围的事。那样，只会使别人厌恶。

苍蝇

一只苍蝇掉进一口盛着肉汤的瓦锅里，快要被淹死时，它自言自语地说：“我已经吃饱了、喝足了、洗过澡了，即使死了也不遗憾了。”

寓意：人们容易忍受无痛苦的死。

两只屎壳郎

一个小岛上放养着一头牛。有两只屎壳郎靠吃牛粪而生活。冬季来临时，一只屎壳郎对另一只说：“我要飞到大陆上去过冬，你单独留在岛上，这样食物就足够充足了。如果我发现丰富的食物，将给你带些回来。”这只屎壳郎飞到了大陆上，发现有许多牛粪，还是稀的，就在那里住了下来。冬天一晃就过去了，它又飞回到岛上。另一只屎壳郎看见它浑身油光发亮，长得又肥又壮，便责怪它不履行诺言，什么都没有带回来。它答道：“你不要责怪我，去责备那地方的自然条件吧，因为只可以在那里吃，一点也不能带回来。”

寓意：不讲信用的朋友是不可信赖的。

橄榄树和无花果树

冬天，橄榄树讥笑无花果树说：“我一年四季常青，永远漂亮，而你的树叶到冬天就会凋（diāo）落，仅在夏天美丽。”正当它夸夸其谈时，天突然下起了大雪，雪花飘飘而来。雪花全都压在枝繁叶茂的橄榄树上，一会儿就把橄榄树压垮了，其美丽也随之消失了。而光秃秃的无花果树，一点也没被雪伤害到。

寓意：有时候美丽外表会给人们带来危害。

篱笆与葡萄园

一个自以为聪明的年轻人继承了父亲的家业。他父亲给他留下了一大片葡萄园。他认为葡萄园四周的篱笆不能结葡萄，既占地方又与葡萄争水分和肥料，于是便把葡萄园四周的篱笆全砍掉了。篱笆被砍掉以后，人和野兽都能随意侵入葡萄园、糟蹋葡萄。没过多久，所有的葡萄树全都被毁坏了。那个年轻人见到如此情景，才恍然大悟：虽然篱笆结不出一颗葡萄，但它们能保护葡萄园，它和葡萄树一样同等重要。

寓意：红花虽好，还要绿叶扶持。

芦苇与橡树

一阵飓（jù）风吹来，河边的一棵高大粗壮的橡树被连根拔起，倒在芦苇丛中。橡树感到很惊讶，因为芦苇丝毫未受到飓风的伤害。橡树问芦苇：“飓风刮来时，我竭力对抗，却被连根拔起。你这么柔弱，是如何安然躲过飓风的？”

芦苇说：“飓风刮来时，我就弓身相让，所以毫发无损。”

寓意：有时候不要硬与比自己强大的人抗争，这样或许对自己更为有利。

松树与荆棘

松树自傲地对荆棘说：“我质地优良、躯干粗壮，既可以做庙宇的屋顶，又可建造船只，你能做什么呢？你是真的一点用处也没有。”

荆棘说：“如果你一想到劈你的斧头和锯你的锯子，你恐怕还是愿意做荆棘吧。”

寓意：平淡但无忧无虑的生活，要比富有、高贵但有危险的生活好得多。

蔷薇与鸡冠花

蔷薇和鸡冠花生长在一起。有一天，鸡冠花对蔷薇说："你是世上最美丽的花朵，神和人们都十分喜爱你，我真羡慕你有漂亮的颜色和芬芳的香味。"蔷薇回答说："鸡冠花啊，我开放的时间太短，即使人们不摘，也会凋（diāo）零；而你却永久地开着花、青春常在。"

寓意：事物各有所长，也各有所短。不必羡慕别人有你所没有的东西，你也有别人所没有的东西。

树和斧子

一个樵夫来到森林里，请求树给他一根树枝做斧子柄。树答应了樵夫这一小小的请求，给了他一根小树枝。樵夫用小树枝做成了斧子柄，安在斧子上非常合适。接着樵夫抡起斧子砍起树来。森林里的一棵棵大树被砍倒了，很快就砍倒了森林中最贵重的大树。一棵老橡树悲伤地看着同伴被砍伐，却无能为力，便对身旁的柏树说："我们是自己葬送了自己。如果我们不给他那根小树枝，他就无法砍伐我们，也许我们能永久地站立在这里。"

寓意：不能帮助对自己造成威胁的对象，哪怕是一个小小的帮助。

两个袋子

普罗米修斯创造了人，又在每人脖子上挂了两个袋子，一个袋子装别人的缺点，另一个袋子装自己的缺点。

但是，每个人都把装别人缺点的那个袋子挂在胸前，却把装自己缺点的袋子挂在背后。因此，人们总是能够很快地看见别人的缺点，而自己的却总看不见。

寓意：人们往往喜欢挑剔（tī）别人的缺点，对自己的缺点却视而不见。

两个罐子

河中漂流着一个瓦罐和一个铜罐。铜罐对瓦罐说："你离我近一点儿，我可以照顾你。"

瓦罐对铜罐说："谢谢你的好意，这正是我所担心的，我离你越远越安全。请你离我远一些，不要靠近我。哪怕是我自己不小心碰到你，我也会碰碎的。"

寓意：与强硬的人相伴是很不安全的。

墙壁与钉子

墙壁被钉子猛烈地钉坏了，便大声叫道："你为何要钉坏我，我与你无冤无仇，什么坏事我都没做。"

钉子辩解道："这一切都不是我的责任，你应该去责怪那个狠狠敲打我的人。"

寓意： 责任要归之于罪魁（kuí）祸首。

北风与太阳

北风与太阳互相不服气，为谁的能量大而争论不休。

它们决定比试比试，看谁能使得行人脱下衣服，谁就是胜利者。北风开始使劲地刮起来，凛冽（lǐn·liè）的北风越刮越紧，路上的行人紧紧裹住自己的衣服。风见此情景，刮得更猛了，行人冷得发抖，便添加更多衣服。风刮累了，便让给太阳试一试。

太阳先是把温和的阳光洒向大地，驱散了寒冷，带来了温暖，行人便脱掉了添加的衣服。太阳接着把温暖阳光照向大地，行人感觉有些热，便把衣服的扣子解开了。太阳又把强烈的阳光射向大地，行人开始汗流浃（jiā）背，渐渐脱光了衣服。太阳光越照越强，行人热得忍受不了了，便跳到了路旁边的河里洗澡去了。

寓意： 温柔、和蔼往往比严厉、强制更为有效。

月亮和妈妈

有一次，月亮要妈妈给它做一身合适的衣服。妈妈回答说："我怎么可能给你做一身合身的衣服呢？你一天一个样，有时候是满月，有时候是半月；有时候向前弯腰，有时候向后弯腰。所以不可能给你做一身合适的衣服。"

寓意： 事物总在不断变化，不可能一劳永逸（yì）。

冬天与春天

冬天讥笑春天，专挑春天的毛病，并责备春天说，只要春天一到，人们就不再安静了，有的走进原野、山林观赏风景，高兴地把采集来的鲜花插在头上；有的扬帆远航，漂洋过海到别的国家游玩，毫不担心什么狂风暴雨。冬天又说："我却如同一个威严的帝王，我对天发令，使人们害怕狂风暴雨和大雪；我对地发令，使人们害怕天寒地冻；我强迫人们老老实实地呆在家里度日。"

春天说道："正因为如此，人们才希望尽早地告别冬天。人们认为我的名字就是美丽。宙斯也说，春天是所有名字中最美的。因此，人们总是盼望春天来到。"

寓意： 威逼强迫只能使人产生反感，和煦（xù）温馨（xīn）却使人向往。

农夫和狗

农夫被持续的风暴困在自己家里，粮食没有了，又无法出去为自己弄食物，迫于无奈，他吃掉了绵羊。可是风暴仍然未停，山羊也被他吃掉了。后来，风暴丝毫没减弱，他又吃掉了那耕田的牛。那些狗看见主人的所作所为，互相说道："我们得赶紧离开这里，主人连帮他一起辛勤耕作的牛都宰了，又怎能放过我们呢？"

寓意： 那些对于家人都要伤害的人，须要特别警惕。

农夫和鹳

为了防止鸟儿刨食播下的种子，农夫在刚刚播种的田里布下罗网。许多来吃种子的鹤都被捉住了，捉到的鸟里面还有一只鹳（guàn）。鹳哀求农夫说："饶了我吧，可怜可怜我吧。我又不是鹤，而是一只鹳，我是体态优美的鸟。你瞧，我的羽毛，与鹤也完全不同，我是有益的鸟。"

农夫说道："你有益无益我不知道；但我知道，你是和这些偷吃种子的鹤一起被捉到的。做坏事就该受罚，怪只怪你和坏鸟在一起。"

寓意： 人们切莫与坏人交朋友。

农夫和狐狸

有个心肠很坏的农夫十分嫉妒邻居家田地里的庄稼长得好，一心想毁掉这些庄稼。于是，有一天，他趁捉狐狸的机会，偷偷地把烧燃的木柴放在邻居的地里。正好路过此地的狐狸拿起那块木柴，按照神明的指示，扔到这个农夫的地里，把他的庄稼烧得精光。

寓意：害人必害己，神决不会放走任何一个坏人。

农夫和树

有个农夫的田里有一棵树，这棵树并不粗壮，只能作那些麻雀和吵闹的蝉的栖息地。农夫觉得这树没有什么大用处，想把它砍掉，便拿起斧头，朝树砍了一下。那些蝉和麻雀请求农夫不要砍倒它们的家，允许树生长在田地里，它们将在树上为他歌唱，使他高兴。农夫没理睬它们，接着又砍了第二斧和第三斧，直至树上砍出了一个洞。这时，他发现树洞里有蜜蜂窝和蜜，他尝了尝蜜后，连忙抛下斧头，不但不再砍伐，而且还对这棵树小心地加以保护。

寓意：到手的蜜糖比任何许诺更实际。

农夫与狼

农夫用牛拉犁耕地。休息的时候，农夫解下牛身上的犁套，牵着牛去河边喝水。

这时，有只穷凶极恶的饿狼正出来觅食，闻见那犁上有牛的气味，就开始舔（tiǎn）那牛的犁套。狼舔着舔着，便不知不觉地将脖子慢慢地伸进了犁套里，结果再也无法拔出来了，只好拉着犁在田里走，看起来很像在耕地。

那农夫回来后，看见了，便大发感慨："啊，可恶（wù）的东西！但愿你从今弃恶（è）从善，帮助人们来耕田。"

寓意：尽管有些恶人做了一点善事，但这并非他的本意，而是出于无奈。

农夫与命运女神

有个农夫耕地时，发现了一块金子，认为一定是土地女神所赐。于是，他每日给土地女神祭奉。命运女神来到他面前，说："喂，朋友，那块金子是我送给你的发财礼物，你为什么把它看成是土地女神的恩惠呢？若时运不同，这块金子也许会落入别人的手里，那时候你一定又要怨我命运女神了。"

寓意：人应当认清恩人，报答他的恩惠。

农夫与杀死他儿子的蛇

一条毒蛇趁人不备爬进农夫家，咬死了农夫的儿子。农夫非常悲痛，抓起一把斧头，气冲冲地跑到蛇洞外站着，只要蛇一出洞就砍死它。不久，蛇刚从洞里出来，农夫立即一斧头砍去，可惜没砍到蛇，却把洞旁的一块石头劈成了两半。农夫担忧后患，便恳求蛇与他和解。蛇说："我一见那劈开的石头，就不可能对你产生好感；同样，你一见到儿子的坟墓也不会原谅我。"

寓意：深仇大恨难以和解。

农夫与蛇

一个寒冷的冬天，一位农夫发现一条蛇冻僵了。农夫认为蛇很可怜，便把它放在自己怀里，用自己的体温来为蛇取暖。不一会儿，蛇便苏醒了过来，并且恢复了它的本性，猛地咬了农夫一口。由于蛇有毒，农夫受到了致命的伤害。农夫临死前说："我怜悯这么恶毒的家伙，所以才有这样的下场。"

寓意：即使对恶人仁至义尽，他们的邪恶本性也是不会改变的。

农夫与他的儿子们

有个农夫自知将不久于人世，他想把自己积累的耕作经验传授给儿子们，但又怕他们不听教诲，于是，心生一计。他把儿子们都叫到跟前说：“孩子们，我即将离开这个世界了。我留给你们的宝物都在葡萄园里，等我走了以后，你们就到葡萄园里去找吧。”

儿子们以为父亲在葡萄园里埋藏了金银财宝。父亲去世之后，他们把那葡萄园的地全部仔细地翻了一遍，结果什么宝物也没找到。

然而，出乎意料的是，因为葡萄园的地很好地耕作了一番，所以这年的葡萄比以往哪一年都结得多。儿子们这时才明白了父亲的真正用意。

寓意：劳动是最好的宝物。

农夫与鹰

农夫发现一只鹰被网网住了。他见鹰十分美丽，惊讶不已，于是便把鹰放了。鹰表示永不忘记他的恩德。

有一天，鹰看见农夫坐在一堵墙的墙根，而这堵墙即将倒塌，农夫却毫无觉察。鹰就立刻飞过去，用爪子抓起他头上的头巾就飞。农夫站起来去追，鹰立即把头巾丢还给他。农夫拾起头巾后，回过头来一看，才发现墙已倒塌了，正好砸在他刚才坐的地方。鹰救了农夫一命，他对鹰的报恩十分感动。

寓意：人们一定要知恩图报；做了好事也一定会得到好报。

农夫与争吵的儿子们

有个农夫的儿子们常常互相争斗不休。他多次语重心长地劝说他们，尽管他苦口婆心，仍无济于事。他认为应该用事实来教育他们，便叫儿子们去拿一捆木棒来。木棒拿来后，他先把整捆木棒交给他们，叫他们折断。儿子们一个个竭尽全力都无法将它折断。随后他解开了那捆木棒，给他们每人一根，他们都毫不费力地将木棒折断了。这时，农夫说：“孩子们，你们如果像木棒一样，团结一致、齐心协力，就不会被敌人征服；可你们互相争斗不休，便很容易被敌人打垮。”

寓意：团结就是不可征服的力量，而内讧（hòng）却只能耗损自己。

捕鸟人、野鸽和家鸽

捕鸟人布上网，把几只家鸽拴在网里，然后躲在远处看着。有些野鸽飞到家鸽旁边去，一下就被兜在网里。当捕鸟人跑去捉住野鸽时，野鸽就责骂家鸽，说同它们原本是同族，却不把这诡计预先告诉它们。家鸽回答说：“对我们来说，维护主人的利益比照顾自己的亲族更重要呀。”

寓意：不必指责那些为了爱护自己的主人而背弃亲族情谊的奴仆。

捕鸟人和斑鸠

有个客人很晚了才来到捕鸟人家。捕鸟人没有食物招待客人，便跑去捉了那只驯养的斑鸠，想要杀了它招待客人。斑鸠痛斥他忘恩负义，说自己曾帮他招引来了许多如同自己一样的斑鸠，使他获得了很大的利益，现在竟然要杀掉它。捕鸟人说：“这样就更应该杀了你，因为你连同类也不放过呀。”

寓意：那些背叛亲人的人，不但为亲人们所憎恨，也为其主子所厌恶。

捕鸟人和云雀

捕鸟人正在安装捕鸟器，准备捕鸟。云雀看见了，便问那人在干什么。那人说：“我正在建造一座漂亮的城市。”说完就跑到远处躲藏起来。

云雀信以为真，因为好奇，便毫不迟疑地飞进网内，结果被捉住了。捕鸟人过来捉云雀时，云雀说：“喂，朋友，你建造这样的城市，绝不会有更多的居民。”

寓意：残暴的统治者会使人们舍弃城市和家园。

捕鸟人与毒蛇

捕鸟人拿着粘鸟胶与粘竿外出捕鸟。他看到一只鸟栖息在一棵大树上，就想去捕捉它。于是，他接长了粘竿，仰着头全神贯注地盯着高空中的那只鸟。当他把精力全集中到捕鸟时，不知不觉地踩着了一条毒蛇。毒蛇狠咬了他一口，他中了蛇毒。临死之前，他自言自语地说：“我真倒霉，光想着捉鸟了，不料自己反遭蛇咬，丢了性命。”

寓意：那些想阴谋陷害别人的人自己会先遇到灾难。

牧人和丢失的牛

牧人在树林中放牛，不幸丢失了一头小牛犊（dú）。他在树林中到处寻找，仍一无所获。他向神发誓，只要能发现偷小牛犊的贼，他愿意供奉神一只羊。过了一会儿，当他走上小山丘时，忽然看见山下有只狮子正在吃他的小牛犊。他吓得举起双手，仰望着天空，向天祈求说：“我刚发誓，如果捉到偷牛犊的贼，我愿供奉一只羊。现在那贼已发现，我愿意失去那只小牛犊，并再添上一只大牛，只要我自己能安全逃离狮子。”

寓意： 有些人在强大的敌人面前吓破了胆，忘掉了自己的誓言。

牧羊人与狗

有个牧羊人养着一条壮实的狗，他常常把那些死了的羊喂给狗吃。有一天，群羊都回到羊圈里，牧羊人却看见狗走近羊群，去抚弄它们。牧羊人便说：“喂，伙计，你想对羊做的事，也许会落在你头上！”

寓意： 要警惕那些受到优待却还不知足的人。

牧羊人与狼

牧羊人捡到一只刚刚出生的狼崽（zǎi）子，便把它带回家，跟他的狗喂养在一起。狼崽子长大以后，如有狼来叼羊，它就和狗一起去追赶。有一次，狗没追上，就回去了，那狼却继续追赶，待追上后，和叼羊的狼一起分享了羊肉。

从此以后，有时并没有狼来叼羊，它也偷偷地咬死一只羊，和狗一起分享。后来，牧羊人觉察到了它的行为，便将它吊死在树上了。

寓意： 恶劣的本性难以改变。

牧羊人与小狼

一个牧羊人收养了一条小狼。小狼长大后老老实实地跟随着羊群，一点坏事也没干，还帮牧羊人看护羊群。有一天，牧羊人因事须进城一趟，便把羊群交给狼守护。牧羊人走后，狼开始攻击羊群，咬死了大部分的羊。牧羊人回来后，看见羊被咬死了那么多，十分后悔地说道："我真活该，我为什么把羊群托付给狼呢？"

寓意：害人之心不可有，防人之心不可无。

牧羊人与羊

牧羊人赶着一群羊来到橡树林里。一棵高大的橡树结满了橡子，十分招人喜爱。牧羊人便高兴地脱下外衣，铺在地上，爬上树去，使劲摇落橡子。羊群跑过来尽情享受这些橡子，不知不觉把牧羊人的外衣也啃吃完了。牧羊人从树上下来，见到如此情形便说道："这些没用的坏家伙，你们把羊毛给他人做衣服穿，而我辛辛苦苦地喂养你们，你们却把我的外衣吃掉了。"

寓意：有些糊涂无知的人善待外人，却损害自己人的利益。

牧羊人与野山羊

牧羊人把羊群赶到牧场去放牧。眼看要来暴风雨了，他连忙赶着羊回家。有些野山羊也混在羊群里。他将所有的羊都赶进了羊圈。因为连续几天的暴风雨，不能到牧场去放牧，这几天只好在羊圈里喂养。他每天只给自己的羊一点点饲料，仅限于不致饿死；而为了想把外来的那些野山羊留住，他却给野山羊很充足的饲料。

雨停后，牧人把所有的羊都赶向牧场放牧。当走到山下时，那些野山羊全都逃跑了。牧人指责野山羊忘恩负义，野山羊却回过头来说："正因为你对我们好，而对你自己的羊不好，所以我们才决定离开。因为你特殊照顾我们这些新来的，而过于冷落了你以前一直饲养的。显而易见，今后再有其他的野山羊来，你一定又会冷落我们而去偏爱它们。"

寓意：喜新厌旧的人的友谊是不可信的。即使同他相交很久，他一有新交，便会冷落旧交。

猎人和骑马的人

有个猎人打猎归来，手里提着一只兔子。路上一个骑马的人看见了猎人，便停下来假装要买兔子，让猎人把兔子给他看一看。猎人便把兔子递到骑马人的手里。骑马人一拿到兔子，就纵马飞奔而去。猎人在后面拼命地追赶，但终究没追上。猎人望着那远去的骑马人，无可奈何地说:"你走吧!那只兔子送给你了。"

寓意:许多人迫于无奈才假装乐意，把自己舍不得的东西送给他人。

行人与财神

有个行人经过长途跋涉后，发誓说若是发现了什么财富，一定将一半献给财神赫耳墨斯。他果然发现了一只装有杏仁与干枣的袋子，心想袋中一定有银子，立刻捡了起来。他把袋里所有的东西都倒了出来，发现袋里只有一些吃的东西后，便吃了起来，然后抓起杏仁壳和枣子核放到祭坛上，说道:"赫耳墨斯，请接受我所许诺的东西吧!现在我把它们连里带外全都献给你了。"

寓意:那些贪心不足的人连神都要欺骗。

行人与浮木

几个行人一同沿着海边走。他们来到一处高地，看见大海的远处漂浮着木头，心想一定是一艘大海船。于

是，他们等着它靠岸，想搭乘这一艘船。当迎面而来的风把浮木吹到离岸边较近处时，他们认为这不是艘大船，可能是一条小船，仍满怀希望地在那里等待。最后，大浪把那木头送到岸边，他们才发现原来是一根木头，于是，他们说道："这无聊的东西使我们白等了一场！"

寓意：有些人对不完全了解的东西，抱有很大的希望，但一经了解，就大失所望。

行人与乌鸦

几个人外出办事，正赶着路，偶遇一只独眼乌鸦迎面飞来。他们抬起头看了看乌鸦，其中一人说这是一种凶兆，劝大家赶快回去。另一个人却说："乌鸦如何能预示未来呢？它若能预知，为什么不事先保护自己的眼睛呢？"

寓意：那些对于自己的事都考虑不周的人，也就没资格教训他人。

行人与梧桐树

夏季中午的时候，十分炎热。头顶烈日的几个行人疲倦极了，看见一棵梧桐树，便走到树底下，躺在树阴下休息。他们仰望着浓密的树叶大发议论：“这树不能结果，对人没有什么好处。”树回答说：“不知好歹的人们！你们现在正享受着我的恩惠，还说我是不结果的无用之树。”

寓意：有些人不知好歹，享受了别人的帮助，还要贬（biǎn）低别人。

行人与幸运女神

有个行人长途跋涉后，精疲力尽地倒在井边睡着了。当他差一点掉到井里时，幸运女神叫醒了他，说：“喂，朋友，你若掉到井里，一定会责怪我，决不会怨自己的疏忽。”

寓意：许多人常常把自己造成的不幸，归之于命运。

行人与真理

有个人在荒凉的野外赶路。他看见一个女人眼睛盯着地下，独自站在路旁，便问她："你是谁？"

她说："我是真理。"

他又问道："你为什么不住在繁华热闹的城市，而住在这荒凉的野外呢？"

她答道："古时候，谬（miù）误只在少数人那里，可是现在你无论到哪里都能听到谬误。"

寓意：当到处都充满谬误时，真理就远离人们无处存身了。

小孩和苎麻

一个小孩不小心碰了一下苎（zhù）麻，便被苎麻刺疼了。他急忙跑回家，告诉妈妈说："我只轻轻地碰它一下，它就刺得我很痛。"妈妈说："正因为如此，它才会刺你。下次你如果再碰到苎麻，就勇敢地稳稳地抓住它，它就不会刺疼你了。"

寓意：许多人都是服硬不服软的。

小孩拿栗子

一个小孩把手伸进装满栗子的罐子里，他想尽可能地抓一大把栗子。但当他要抽出手来时，手却被罐子的口卡住了。他既不愿放弃一部分栗子，又不能拿出手来，只好痛哭流涕。一个行人对他说："你还是知足些吧，只要少拿一半，你的手就能很容易地拿出来了。"

寓意： 人一定要知足而不要贪心。

男孩和青蛙

几个男孩在池塘边玩耍。他们看见水中有许多青蛙，便用石头去打它们。有几只青蛙被孩子们打死了。这时，一只青蛙从水中伸出头来说："孩子们，请你们不要再打了。这对于你们来说只不过是在做游戏，而对于我们来说可是生死攸（yōu）关的大事啊。"

寓意： 不要把自己的快乐建立在别人的痛苦之上。

男孩与蝎子

有个小男孩在城墙边上捉蟋蟀，一会儿就捉了许多。忽然看见一只又黑又大的蝎子，他以为也是蟋蟀，便伸手去捉。蝎子高高地举起毒刺，说道："来吧，如果你敢捉我，我保证你不但会马上放了我，就连你捉的那些蟋蟀也会统统扔掉。"

寓意：做事要分清好人和坏人，区别对待他们。

洗澡的小男孩

有一天，有个小男孩在河里洗澡，遇到了危险，眼看要被淹死时，看见有人路过，连忙大声呼救。然而，那人却责备小男孩太鲁莽和太冒险。小男孩回答："请你还是先把我救起来，再责备吧。"

寓意：该说的时候说，该做的时候做。

说谎的放羊娃

有个放羊娃赶着他的羊群到山上去放牧。他老是喜欢说谎、开玩笑，时常大声向村里人呼救，谎称有狼来袭击他的羊群。开始几回，村里人信以为真，都立刻跑去救助，却遭到放羊娃的嘲笑，只好没趣地走回去。后来有一天，狼真的来了。放羊娃就对着村子拼命呼喊“狼来了”。村里人都认为他又在像往常一样说谎、开玩笑，没有人再理他。结果，他的羊全被狼咬死了。

寓意：那些常常说谎话的人，即使再说真话也无人相信了。

老太婆和空酒瓶

一个老太婆拣到一个曾装过好酒的空酒瓶。这酒瓶里还剩几滴酒，仍带着浓浓的酒香。她多次把酒瓶放在鼻子下，不断地摇晃，贪婪（lán）地吸着酒香，并说：“啊，多么甜美！装过酒的空瓶都留下这样甘美的香味，那酒真不知有多么醇美芳香呢。”

寓意：美好的事物留下深远的影响，使人们永远难以忘记。

老太婆和羊

从前，有一个贫穷的老太婆，养着一只羊。到了剪羊毛的季节，她想剪羊毛，但又不愿花钱雇人剪，就自己动手剪。由于她的眼睛花了，剪毛技术也不熟练，竟连毛带肉都剪下来了。那只羊痛得挣扎着说："主人，你为什么这般伤害我？我的血和肉能增加多少羊毛重量呀？如果要我的肉，屠夫立刻就能杀死我；如果要我的毛，剪毛匠会很好地剪下我的毛，而不使我痛苦。"

寓意：最少的费用并不一定能获得最大的利益。

老太婆与医生

有位老太婆患了眼病，视力越来越差。于是，请一位眼科医生给她治疗眼病，并谈定如果把她的眼病治好、恢复了视力，将付给医生一大笔治疗费。

那医生每次来给她上药治疗时，总是乘她闭着眼睛的机会，顺手牵羊地偷走一些家具。经过长时间的治疗，老太婆的眼病终于治愈了，可她家里的东西几乎被偷光了。

医生向老太婆要商定好的治疗费，老太婆不肯给。医生便把老太婆告上了法庭。老太婆在法庭上说："我确实承诺过付给医生治疗费，但讲好的条件是把我的眼睛治好。可是经过治疗后，我的眼睛却比以前更糟了。以前我还能隐隐约约地看见家里所有的物品，现在却都看不见了。”

寓意： 贪得无厌的人，总会不知不觉地留下自己的罪证。

寡妇与母鸡

有个寡妇养着一只母鸡，母鸡每天下一个蛋。她以为多给鸡喂食，鸡就能每天下两个蛋。于是，她就每天多给母鸡喂食，结果母鸡长得越来越肥，后来连一个蛋也不下了。

寓意： 有些人因为贪婪（lán），想得到更多的利益，结果连现有的也失去了。

女人与酗酒的丈夫

从前，有一个女人，她丈夫经常酗（xù）酒。她想帮丈夫戒掉这个恶习，便想出了一个办法。一次，她丈夫喝得烂醉如泥，像死人似的不省（xǐng）人事，她就把他背出去，放到墓穴里，然后回家了。估计丈夫快清醒时，她便来到墓地，敲墓穴的门。醉汉问：“谁在敲门？”她答道：“我给死人送吃的来了。”他说：“喂，好朋友，请你不要送吃的，还是先送点喝的来吧。没有喝的，让我更难受。”女人听后捶胸顿足，伤心地说：“啊，我多么的不幸呀！我费尽心机，一点效果都没有。老公呀，你不但没有改好，反而变本加厉，你的嗜（shì）好已成了一种恶劣的习惯了。”

寓意：人不能沉湎于不良的嗜好中，即使你并非有意，可是习惯成自然，要戒除就不容易了。

挤牛奶的姑娘

一个农家姑娘，挤了一桶牛奶，用头顶着到市场上去卖。她忽然想入非非：“这桶牛奶卖得的钱，至少可以买回三百个鸡蛋。这些鸡蛋至少可以孵出二百五十只小鸡。等到鸡长大了，便可以拿到市场上去卖。那么，用这些钱足够买一条漂亮的新裙子。圣诞节晚宴上，我穿上漂亮迷人的新裙子，年轻的小伙子们都会向我求婚，而我偏要摇摇头拒绝他们。”想到这里，她真的摇起头来，头顶的牛奶洒了一地。她的美妙幻想也随之消失了。

寓意：想入非非不会给自己带来任何实惠。

女巫

有个女巫（wū）声称自己能念咒语，使众神息怒。她经常四处招摇撞骗，因此骗取了不少钱财。但后来有人控告她破坏神道，被抓了起来，判处了死刑。在女巫被押赴刑场时，有人质问她："你这害人精，你不是自称能平息神灵的愤怒吗，现在怎么连凡人的愤怒也不能平息了呢？"

寓意：有些人声称自己能办大事，其实一点小事也办不了。

父亲与女儿

一位父亲有两个女儿，一个嫁给了菜农，另一个嫁给了陶匠。

过了些日子，父亲来到菜农家里，看看女儿情况如何。他问女儿生活过得怎么样。女儿说："我们一切都很好，只是有一个愿望，那就是经常下雨，好浇灌我们种的蔬菜。"

不久之后，父亲又来到陶匠家里，问女儿过得如何。女儿说："我们什么都不缺，只是期盼天气晴朗，阳光充足，好使陶器更快地干燥。"

父亲发愁地对她说道："你盼望出太阳，你的妹妹却盼下雨，那么我该为谁祈祷(qí·dǎo)呢？"

寓意：那些同时想做两件截然不同的事的人，必然任何一件事都干不成。

猎人与樵夫

有个胆小的猎人在森林里打猎。他碰到一个樵（qiáo）夫，便问道："你有没有发现狮子的踪迹？"樵夫说："我知道哪里有狮子，我带你去找。"猎人吓得脸色惨白，全身哆嗦地说："我只是搜寻它的踪迹，而不是要找到狮子。"

寓意： 有些人的勇敢，仅停留在口头上，而不是表现在行动中。

年轻的浪子与燕子

年轻的浪子把传下来的祖业挥霍一空，仅剩身穿的一件外衣。一天，看见一只没有到季节就提前飞回来的燕子，他以为春天到了，不需要再穿外衣了，便将外衣拿去卖了。不久，一阵凛冽（lǐn · liè）的北风袭来，天气非常寒冷，冻得他四处躲藏，碰巧看见那只燕子冻死在地上。他便对燕子说道："喂，朋友，你把我俩都毁了。"

寓意： 不按自然规律办事是十分危险的。

种菜人与狗

种菜人的狗掉到了井里。他想把狗从井里救上来，于是他自己也下到井里。可狗却以为主人下来是要把它再按到水里去，尽快淹死它，所以，当种菜人挨近狗时，狗便转过身来，咬了他一口。种菜人忍着剧痛一边往上爬，一边说："真是活该！我为什么要这么热心去救它呢？"

寓意：对于那些无情无义、恩将仇报的人，不要对他们有同情心。

主人和他的狗

一个人打点好了行装准备出发。这时，他看见他的狗仍站在门口打哈欠，便严厉地对它说："为什么你还站在那里打哈欠？一切准备妥当，只等你了，赶快跟我走吧！"

狗摇着尾巴回答说："主人！我早就准备好了，我等你等得都打哈欠了。"

寓意：有些人不检点自己，还常常把过失归咎于别人。

盲人和狼崽

一个盲人精于用手触摸来辨认各种动物，什么动物只要他一摸，便能分辨出来。有个人带来一个狼崽（zǎi），请他摸一摸，并说出是什么东西。他摸了摸这个小动物后说："这是一条狐狸，还是一条狼，我不大清楚。不过有一点我却十分清楚，让这种动物进羊圈总是不安全的。"

寓意： 恶劣的习性在年幼时便可得知。

富人与制皮匠

有个富人与制皮匠相邻而居。那富人受不了皮革的臭气，多次逼迫制皮匠搬家。制皮匠总是说，马上就搬，却老是拖延不搬。这样一直拖来拖去，随着时间的推移，富人已闻惯了皮革的臭气，也就不再催促制皮匠搬家了。

寓意： 时间能消除对事物的恶感。俗话说习惯成自然。

朋友与熊

两个非常要好的朋友一起去旅行。在森林中，他们突然遇到一头大熊。其中的一个人立即闪电般地抢先爬到了树上，躲了起来。而另一个人眼见逃生无望，便灵机一动马上躺倒在地上，紧紧地屏住呼吸，假装成死人。

据说，熊从来不吃死人。熊走到他跟前，用鼻子在他脸上嗅了嗅，转身就走了。躲在树上的人看见熊走远了，就从树上下来了。从树上下来后，问他的朋友："刚才熊在你耳边给你说了些什么？"

那人委婉地回答说："熊告诉我，今后千万注意，别和那些不能共患难的朋友一起去旅行。"

寓意：不能共患难的人不是真正的朋友。

两个仇人

从前，有两个仇人碰巧乘坐了同一艘船，一个坐在船尾，另一个坐在船头。海上狂风大作，船眼看就要沉了，船尾的那人问艄(shāo)公，船的哪一部分先沉下去。艄公说："是船头。"那人说："现在我死而无憾了，我将能看到我的仇人死在我的前头。"

寓意：有些人，报复仇人的愿望比保护自己生命的愿望更强烈。

骗子

有个人卧床不起，病情十分严重，他绝望地祷告众神，说若能使他病愈，他一定奉献一百头牛。众神想试验他一下，便用灵丹妙药，使他康复了。他病好下床后，没用真正的牛来酬谢众神，而用面团做成了一百头牛，放在祭坛上烧了，并念念有词地祷告说：“诸位神明，请接受我所许下的承诺吧。”这时，众神们认为他用骗术亵渎（xiè · dú）了神灵，便在晚上托梦告诉他，要他到海边去，说在那里可以找到一千块钱。他醒来后，高兴极了，立即往海边跑去。结果在那里遇到海盗，被他们抓去卖了，卖了一千块钱。

寓意：骗子一定没有好下场。

小偷与公鸡

几个小偷悄悄地溜进一户人家里，什么也没偷到，仅发现一只公鸡，便把公鸡偷走了。当小偷们要杀公鸡时，公鸡请求放了它，说：“我对人们是有益处的，每天天不亮时，我就把人们叫醒起来去工作。”小偷们回答说：“单凭这一点，非要你死不可，你把人们都叫醒就妨碍我们偷盗了。”

寓意：那些对于好人有益的事正是对于坏人有害的。

小偷与他的母亲

有个小孩在学校里偷了同学一个本子，拿回家交给母亲。母亲不但没批评，反而夸他能干。第二次他偷回家一件衣服，交给母亲，母亲很满意，对他赞赏有加。随着岁月的流逝，小孩长成了大小伙子，便开始去偷更大的东西，最后成了江洋大盗。当他被捉住、反绑着双手、被押送刑场时，他母亲跟在后面，捶胸痛哭。这时，小偷说，他想和母亲贴耳说一句话。他母亲马上走了过去，小偷猛一下用力咬住她的耳朵，并撕了下来。母亲骂他不孝，犯杀头之罪还不够，还残害自己的母亲。小偷说道："我初次偷本子交给你时，如果你能打我一顿加以制止的话，今天我能落到这种可悲的结局，被押赴刑场处死吗？"

寓意：小错起初不惩治，必将酿成大错。

两个士兵和强盗

从前，有两个士兵一起赶路，行进途中，他们遇上了一个强盗。一个士兵马上躲藏到一边，而另一个勇敢地迎了上去，与强盗搏斗，并杀死了强盗。这时，那个胆小的士兵跑过来，抽出剑，并将外衣丢开，大声说："我来对付他，我要让他知道，他所抢劫的是什么人。"

这时，那名勇敢的士兵说："我只愿你刚才能来帮助我，即使只说些话也好。因为我会相信这些话是真的，更会使我鼓足勇气去抗敌。而现在还是请你将剑插进鞘（qiào）里，管住你那毫无用处的舌头吧。你只能欺骗那些不知道你的人。我亲眼见到了你逃跑的速度，十分清楚你的勇气是不可靠的。"

寓意：有些人在事情快要成功时或已经成功后，企图把自己打扮成英雄，而在夺取成功的过程中，他们却袖手旁观。

强盗与桑树

一个强盗杀了人，被人们追赶着。强盗带着一身血迹逃跑。迎面而来的行人问他，双手为什么染红了，他说他刚从桑树上爬下来。正说着，那些追赶的人来了，抓住了他，把他吊死在桑树上。那桑树对强盗说："我很高兴帮助人们处死你，因为你杀了人，却把事情赖到我身上。"

寓意：当被别人毁谤为恶人的时候，有些本性善良的人，也往往会毫不犹豫地进行反击。

被俘的号兵

号兵吹集合号，把战友集合起来。号兵又吹响冲锋号，鼓舞战友冲锋陷阵、勇猛地冲向敌人的阵地。当号兵被敌人抓获后，他大声叫道："请不要无缘无故地杀我。因为我没有杀害你方任何人。我没有任何武器，仅有这把铜号。"

敌人对他说道："正因为这样，你就更应当被杀死。你自己虽没打仗，可你召集所有士兵来攻打我们。"

寓意：人们更痛恨那些怂恿（sǒng · yǒng）他人作恶的人。

被狗咬的人

有个人被狗咬伤了，四处求医治伤，仍无显著疗效。有人向他建议，用面包擦干伤口上的血，再扔给咬他的狗吃。他回答说："如果这样做，那么全城所有的狗一定都会来咬我的。"

寓意：恶性若受到鼓励，就会更加为非作歹、为所欲为。

磨坊主父子与驴

磨坊主和他的儿子一起牵着他们的驴，到市场上去卖。他们没走多远，就遇见了一些谈笑风生的妇女。忽然听见其中一个说："瞧，你们看见过这么傻的人吗，放着驴不骑，自己走路。"磨坊主听到此话后，立刻叫儿子骑上驴去。

又走了一会，他们遇到了一些正在争吵的老人，听见其中一个老头说："看看，这证明了我刚说的那些话。现在这个社会，根本谈不上什么尊敬老人。你们看看那懒惰的孩子骑在驴上，而他年迈的父亲却在下面行走。"另一个老头喊道："下来吧，孩子！应该让你年老的父亲骑驴，你自己走。"磨坊主便叫儿子下来，自己骑了上去。

没走多远，他们又遇到一群妇女和孩子。他们听见有个人说道："你看，竟有这样的父亲！自己骑在驴上，而让那可怜的孩子跑得一点力气都没啦。"老实的磨坊主，立刻又叫他儿子骑上来，他坐在后面。

快到市场时，一个市民看见了他们便问："朋友，请问，这驴是你们自己的吗？"老人说："是的。"那人说："人们还真想不到，你们两人一起骑在驴身上，还不把驴累死呀？依我看来，你们两个人抬着驴，也许比骑驴好得多。”磨坊主说：“不妨照你的意见试一下。”于是，他和儿子都从驴身上跳下来，用绳子将驴的腿捆在一起，找了一根木棍将驴子抬上向前走。

到了市场进口的桥上时，很多人围过来看这种有趣的事，大家都取笑他们父子俩。吵闹声和哄笑声，使驴受到惊吓，它用力挣断了绳索，掉到河里去了。

这时，磨坊主又气愤又羞愧，赶忙从小路上逃回家去了。

寓意：任何事物都不可能使人人都满意，想使人人满意，反而会谁也不满意。

发现金狮子的人

从前，有一个既胆小又贪心的富人发现了一只金狮子。他自言自语地说：“我不知道这事到底该怎么办，我心里很乱，无法拿定主意。我一方面贪心爱财，一方面又胆小怕事。这样的运气是怎么回事？金狮子是哪位神明造出来的？这件事使我心中矛盾重重。爱金子吧，又害怕金子做成的狮子；心中的欲望催我去拿，性格却劝我退后。唉！好运来了，可我又不敢接受。这宝物并没有使我快乐。神给予我的恩惠，可望而不可即！这是怎么回事？我要怎么办，要采用什么方法呢？我得回去把家人带来，凭借他们许多人的力量来捉住它，我自己则站得远远地观望！”

寓意：讽刺那些既贪图财富又害怕灾祸的人。

渔夫

渔夫在河里拦河张网捕鱼，用麻绳拴住石块，再不停地打击河水，吓得鱼群仓皇逃窜，都钻进了他的网中。附近的人见到后，指责他这样做把河水弄浑了，大家都没清水喝了。渔夫回答说："若不搅浑河水，我就非饿死不可。"

寓意：有些人如同这个渔夫一样，为了自己的私利，不惜把水搅浑、把事情搞乱，以便从中渔利。

渔夫与大鱼和小鱼

渔夫从海里拉起渔网来，便立即抓住网里的大鱼，将其扔到岸上；而那些小鱼却从网眼中漏出来逃回到海里去了。

寓意：小人物容易得救，而那些名声大的却难以躲过危险。俗话说，人怕出名猪怕壮。

渔夫与小鱼

渔夫把网撒到海里，捕到了一条小鱼。那条可怜的小鱼求渔夫把它放了，说它还太小。它又许愿说："等我长大后，再捉住我，将对你更有好处。”渔夫说：“现在我若放弃手中的小利，而去追求那希望渺茫的大利，那我岂不成傻子了么？”

寓意： 愚蠢的人才会放弃已到手的小利，而去追求那种虚无缥缈（piāo · miǎo）的大利。

捕到石头的渔夫

渔夫们拉网时，觉得很沉重，他们高兴得手舞足蹈，以为这一下子捕到了许多鱼。哪知把网拉到岸边一看，网里却满是石头和别的东西，没有一条鱼。他们十分懊（ào）丧，没捕到鱼倒也罢了，难受的是事实与他们所预想的正好相反。他们中的一个年老的渔夫说道：“朋友们，别难过，快乐总与痛苦在一起，她们如同一对姐妹。我们预先快乐过了，现在不得不忍受一点点痛苦。”

寓意： 人生变化万千，正如有时晴朗的天空会突然发生风暴一样，不要因挫折而苦恼。

秃头武士

有个秃头的武士，头戴假发，骑着马与同伴去打猎。突然，一阵风把他的假发吹跑了。他的同伴都情不自禁地放声大笑起来。秃头武士说:"这假发本来就不是我的,从我头上飞去,又有什么奇怪呢?这假发不也是早已离开了那生长它的原主人吗?"

寓意:人们不必为突然失去的东西所苦恼。原本不是你的东西想留也留不住,是你的就永远跑不掉。

杀人凶手

一个杀人犯,被受害者的亲人们穷追猛赶,逃到尼罗河边时,迎头遇见一条狼。他惊恐地爬到河边的一棵树上,躲在上面。但他又看见树上有一条大蛇朝他爬来,他吓得跳到了河里。河里有一条鳄鱼,正在等着他,很快就把他吃了。

寓意:对于有罪恶的人来说,无论在地上、在空中或在水里,都不会安全。

医生与病人

一个医生给一个病人治病,治了好长时间也没治好,病人最终还是死了。在葬礼上,医生对那些送葬的家属说:"如果病人生前戒烟戒酒,多关注肠胃健康,用更适合的治疗办法,就不至于如此早地走了。"

病人的家属回答说:"事到如今,你说这些话还有什么用呢?你应该在病人生前患病的时候，用这些话去劝告他。”

寓意： 当朋友处境困难的时候，应及时给予帮助，而不应该在事后去说一些毫无用处的空话。

哲学家、蚂蚁和神灵

一个哲学家在海边看见一艘船遇险，船上的水手和乘客全部淹死了。他便抱怨上帝不公，为了一个罪恶的人偶尔乘这艘船，竟让全船无辜的人都死去了。正当他沉思时，他觉得自己被一大群蚂蚁围住了。原来哲学家站在蚂蚁窝旁了。有一只蚂蚁爬到他脚上，咬了他一口。他立刻用脚将它们全踩死了。这时，神灵出来了，神用棍子敲打着哲学家说：“你自己也和上帝一样，如此对待众多可怜的蚂蚁，又怎么能判断天道公平与否呢？”

寓意： 人不可苛求别人，因为自己也难免犯别人同样的错误。

天文学家

有位天文学家习惯于每天晚上出去观察星象。有一天，他来到郊外聚精会神地观察天空，一不小心掉进一口井里。他大声叫喊起来。附近的人听到呼叫声后，走过来弄清楚了情况，便对他说：“喂，朋友，你用心观察天上的东西，却没有看地上的事情。”

寓意：人首先要做好地上的最普通的事，才谈得上天上的高深的事。

守财奴

有个守财奴变卖了他所有的家产，买回来一块金块，并将其藏在一个很隐秘的地方。他每天都去看看他藏的金块。有一个经常在附近放羊的人留心观察他的行踪，知道了这个秘密。牧羊人趁他不在的时候，把金块拿走了。

守财奴再来时，发现他藏的金块没有了，便捶胸痛哭。他的邻居见他如此悲痛，问他遇到了什么麻烦、为何如此悲痛。守财奴诉说了自己的遭遇。

邻居对他说道：“别再难过了，那块金子虽是你买来的，但你并没有真正拥有它，因为你从没用过。现在去找一块石头来，代替金块放在那里，你天天来看看，只要你心里想着那是块金子，你就会很高兴。只要放在那里不用，金子和石头没有什么区别。”

寓意：一切财物如不使用就等于没有。

人与狐狸

有人与狐狸为敌，因为狐狸经常危害他。有一天，他抓到了一只狐狸，想狠狠地报复一下。他把浸（jìn）了油的麻皮绑在狐狸尾巴上，然后点上火。狐狸被烧得疼痛难忍，到处乱窜，正巧跑进了那人的田地里。那时正值收获的季节，田里的庄稼被烧得精光，以致颗粒无收。

寓意：人们在极度生气时，往往会毫无理智地处理事情，从而招来更大的灾祸。

人与骆驼

人们第一次看见骆驼时，对这些庞（páng）然大物感到十分恐惧和震惊，都吓得纷纷逃跑。随着时间的推移，人们渐渐地发现骆驼的脾气温顺，便壮着胆子，勇敢地去接近它。过了不久，人们完全明白骆驼这动物根本没一点脾气，于是便瞧不起它了，还给骆驼拴上缰绳，交给孩子们牵着走。

寓意：熟悉和了解事物能消除对事物的恐惧。

人与森林之神

传说，从前有个人与一个森林之神交朋友。他们相约一起吃饭。那是冬天，天气非常寒冷，见面后，那人把手放到嘴边不断地哈（hā）气。森林之神问他为什么要这样做。那人回答说："天寒手冷，哈热气可以使手暖和些。”

他们吃饭时，桌上的饭菜热气腾腾，烫得很，那人夹起一点菜放到嘴边吹。森林之神又问他这是为何。那人说：“饭菜太烫，吹一吹可以让菜变凉。”森林之神对人说道：“喂，朋友！你这张嘴太厉害了，能一会儿出热气，一会儿又出冷气。我只好同你绝交了。”

寓意：切不可与那些反复无常的人交朋友。

人与狮子

有一天，狮子与人同行，他们互相吹嘘自己。

人对狮子说：“人比狮子强得多。”

狮子对人说：“狮子比人强多了。”

在路上，他们看见一块石碑，石碑上刻着一个人征服几头狮子的图画。那人一边指给狮子看，一边说：“你看，事实证明我们比你们强得多了吧。”

狮子笑着说道：“如果狮子会雕刻，那么，你就会看见众多人倒在狮子脚下。”

寓意：那些自己毫无本事的人却常常喜欢在别人面前炫（xuàn）耀自己。

少年儿童必读丛书●故事系列

外国寓言故事

东方　主编

下

山东教育出版社

品读经典 开启智慧

代序

阅读是一种幸福的体验，是读者与作者心灵的对话。

千百年来，古今中外的大家写出了很多脍炙人口的经典作品，这是人类智慧的结晶，其高超的语言艺术和深刻的思想内涵，给人以美的享受和智慧的启迪。其中蕴涵的永生的活力和不朽的精神，早已超越了国界的限制和时空的阻隔。

经典是唤醒人性的著作，可以开启人们的智慧。

经典能深入到人心灵的最深处，能培养人优雅的性情和敦厚的性格。

让孩子结缘经典，能够为他们打好人生的底色。

让孩子爱上经典，能够增加他们的生活情趣，使人生丰富多彩。

让孩子品读经典，能够开阔视野，增长智慧，陶冶情操，使他们受益一生。

教育部颁布的《语文课程标准》对中小学生课外阅读量作了明确的规定：小学生不少于145万字，初中生不少于260万字。古今中外的文学作品浩如烟海，这400多万字，应该读什么？面对茫茫书海，家长、教师、学生往往感到无所适从。我们从浩如烟海的古今中外作品中披沙拣金，精选出适合少年儿童阅读的经典内容，编成了这套《少年儿童必读丛书》奉献给广大少年儿童和他们的家长。可以说，这套丛书是精品中的精品、经典中的经典。

《少年儿童必读丛书》为少年儿童提供了课外阅读的必读内容，可为完成国家对中小学生的课外阅读要求提供质和量的支持。为了使这些经典作品，特别是古代和外国作品更适合当今中国少年儿童的阅读习惯和阅读口味，我们对有些作品进行了改编、改写或注解。使其既不失去原著的历史价值和审美诉求，又适合当前的阅读习惯和文化认同，努力做到雅俗共赏，集可读性、经典性于一体。可以说，这套丛书既适应了国家《语文课程标准》的要求，又是为广大少年儿童定做的文化盛宴。

《少年儿童必读丛书》所收录的既有少儿文学方面的内容，又有科学文化等方面的内容，能满足少年儿童多方面的阅读需求，提高他们的综合素质。这套丛书分为两个系列："故事系列"和"百科系列"。"故事系列"包括：《中国成语故事》、《中国寓言故事》、《中国民间故事》、《中国神话故事》、《外国童话故事》、《外国寓言故事》、《外国民间故事》、《中外智慧故事》、《中外趣味故事》、《中外哲理故事》、《中外发明故事》、《中外科幻故事》、《阿凡提的故事》等；"百科系列"包括：《诗经最美诗篇赏析》、《千古唯美名句赏析》、《打开心灵密码》、《中华上下五千年》、《江山如此多娇》、《大脑越用越聪明》、《什么怎么为什么》、《神秘的大自然》等。丛书中收录了一些中外经典作品，如被称为"世界三大儿童文学经典"的《格林童话》、《安徒生童话》与《一千零一夜》，被誉为世界四大寓言家伊索、拉封丹、莱辛、克雷洛夫的经典寓言故事。这些故事闪耀着智慧的光芒，爆发出机智的火花，蕴涵着深刻的寓意。它不仅是向少年儿童灌输真善美的启蒙教材，而且是一本生活的教科书，读后，宛如一股清泉悄然渗入读者心田。

中国的成语故事、寓言故事、民间故事、神话故事等是中国传统文化和民族智慧的一个重要组成部分。成语是中华民族语言智慧的结晶，它言简意赅，内涵深远，有言有尽而意无穷之奇趣。每一个成语背后都有一个精彩生动的故事，体现了古代人民的生活、精神和智慧。通过这些故事我们能更好地理解成语的寓意和来历，从而在学习和生活中得心应手，运用自如。故事包含了丰富的历史知识、深厚的民族情感，作为中华文化不可或缺的一部分，它有着永恒的艺术魅力，也包含了丰富的想象力。

故事在人类历史的文化长河中，一直占有举足轻重的位置。故事是世界上最让孩子喜爱乃至着迷的事物。让孩子品读故事，可以帮助他们开启文学性灵。世界上没有不爱读故事的孩子，故事是孩子们认知世界的一扇窗口，是开启智慧之门的一把钥匙。优秀的故事，教会了我们用心去拥抱生活，用爱去点燃希望；优秀的故事，能够使孩子学会思考，从而充实孩子的心灵。精彩的故事丰富着生活的色彩，润泽着孩子的生命。通过读故事，孩子可以学会思考，学会做人，学会爱……伴着故事成长的童年，是幸福的童年。

爱孩子，就送给他（她）这套《少年儿童必读丛书》吧！

目录 MULU

猫和狐狸

猫和狐狸，好像两个小圣人，出发去朝拜圣地。这是两个圆滑透顶的家伙，其实是名副其实的伪君子、地地道道的阿谀奉承的骗子。它俩一路上骗吃了不少家禽，还骗到了不少干酪。它俩就用这种方法来解决路上的花费，一个赛一个。

旅途很长，枯燥乏味，它们就用争论来消磨时光。对它们来说，争论真是个好办法，要不，它俩就要昏昏欲睡了。所以这两位朝圣者长时间地吵吵嚷嚷，在争论一通之后又谈到了周围的伙伴。

狐狸对猫说："你以为自己聪明伶俐，你有我懂得的多吗？我有多种锦囊妙计。"

"不，"猫对狐狸说，"我的褡裢（dā·lián）里可只有一招，不过我认为它赛过各种高招。"

这两个家伙重新热烈地争辩起来，一个说是，一个说非，如果不是一群猎狗到来，这场口角就会无休止地进行下去。

眼看猎狗已经逼近，猫对狐狸说："朋友，你在你的锦囊里搜上一搜，再用你那足智多谋的脑袋想上一想，你一定会找到许多妙计的。至于我呢，我只有这样一个招数。"说着它就爬到树上去了。

狐狸想出了上百条无用的计策，钻进了上百个洞穴，上百次地把猎狗引入歧途。它到处寻找隐避的地方，但是都没有成功。猎人用烟熏它，矮种猎狗钻进洞来咬它。当它又一次从洞穴里钻出来时，被猎狗咬住咽喉扼死了。

乌龟和两只野鸭

有一只乌龟，头脑很简单。它对自己的窝感到厌倦，想出去看看世界。

它向两只野鸭透露了这一美妙的设想。野鸭对它说，它们有办法满足它的愿望。

“看见了么，这天空就是通向外面世界的大路。我们从空中把你带到美洲，你将会看到很多新鲜的事物。”

乌龟高兴地接受了这一建议。于是，野鸭就制作了一种工具，它们找了一根棍子，然后对乌龟说：“咬紧棍子中间，千万别松开。”

两只野鸭各自衔着棍子的一端，飞了起来，乌龟就这样上了天。

看到乌龟在天上旅行，人们都感到很惊奇。

“真是奇迹！”大家嚷着，“快来看啊！乌龟像个王后在空中飞行呢！”

“王后！事实上我就是王后嘛！你们一点也别想来嘲笑我。”

乌龟如果闭着嘴巴不说话，那就什么事情也不会发生，然而，它忍受不了人们对它的讽刺，它要理直气壮地予以反驳，结果刚一张口，就从空中跌下来，正好跌在路上，被摔得粉身碎骨。

驮着圣骨的驴子

一只驮着圣骨的驴子，一路上看见人们都朝着它顶礼膜拜，不由得洋洋自得起来，自以为这些礼拜和赞美诗都是献给自己的。

有人指出说：“驴先生，你太虚荣了，改正你的错误吧！人们朝拜的不是你而是圣骨，光荣归于圣人自己。”

在现实生活中，人们向无知的官吏致敬，其实也不是发自内心的敬重，他们看重的只是他的服饰和官职。

愿望

蒙古帝国有一种精灵，它们干着仆役的事情，照顾家务，打扫房屋，有时还兼管花园。

其中有个精灵，从前给一个小康之家管理花园。它干活不声不响，相当熟练，热爱主人主妇，还特别爱那个花园。它的工作非常卖力，主人对它很满意。尽管它和它的同伴一样，生性非常轻盈和飘忽，但为了更好地表明它是个忠实的仆役，它始终住在这家主人那里，它的同行——其它那些精灵对它百般诽谤，以至于精灵的头目很快下令，把它调到挪威的最北部去照料一所终年被雪覆盖的房屋。

动身前，精灵对它的主人说：“我不知道犯了什么错误，别人逼着我离开你们。在这里，我只能再待很短一段时间，一个月，也可能是一星期。请你们抓紧时机说出三个愿望，因为我能使这三个愿望都实现。但是只能三个，不能更多。”

主人和主妇合计了一下，第一个愿望就是要求财富。果然，立即便有大捧大捧的金钱装满了他们的箱子和钱柜，仓库里全是麦子，地窖里全是酒，一切都装得满满的。但究竟怎样来管理这些财物？该设立多少账本、耗费多少心血和时间？两人都感到十分为难，要是老这么下去可怎么办？小偷要来算计他们、王公大人要来借贷、国王要来征税，又该怎么办？这对可怜的夫妇因为太富有而感到痛苦。

“快来帮我们摆脱这些因钱财而引起的麻烦吧！”他们两人请求说，“穷人是多么幸福啊！贫困远远胜过财富。走开，财富，快走！而你，贫穷女神，快回来吧！”

说完这些话，贫穷女神就回来了。他们重新获得了平静和安宁。精灵因他们的觉悟而和他们共同大笑起来。

为了利用精灵的宽宏大度，他们打算在精灵动身前的某一适当时刻，请求它赐给他们智慧。他们已经明白，这才是一种从不引起麻烦的财富。

鞋匠和财主

一个修鞋的人从早到晚在歌唱，段段乐曲唱得轻快又欢乐。看来，他对自己的生活感到很满足。

他的邻居却相反，虽

然有很多钱，却常常怕被别人偷了去，甚至把钱缝在衣衫里。他很少歌唱，尤其缺少睡眠。有时候天已蒙蒙亮，他才朦胧入睡，这时，鞋匠的歌声却把他吵醒了。

财主抱怨说："上天啊，您对我太缺乏照顾了！为什么不能像卖食物和饮料一样，让人在市场上出售睡眠呢？"

他派人把唱歌的人叫到他家里去，对他说道："哎，先生，你一年挣多少钱？""一年？"那个快活的鞋匠说话时还带着笑声，"大人，说真话，我决不这样来计算我的收入。而且，我也不天天攒钱，我只要能混到年底就行了，我每天挣钱糊口，过一天算一天。"

"那么，告诉我，你一天能挣多少钱？"

"有时多一点，有时少一点，但是倒霉的事总是不断，要不我挣的会相当不错。糟糕的是一年当中歇工的日子实在太多，人家用节日来迫使我们停工，这真使我们受害不浅。就是这样，神父在讲道时，还在不断提出新圣人的纪念日。"

财主知道，教会规定某些圣人的节日必须停工纪念，以示崇敬。他看到鞋匠这样朴实就笑了，他对鞋匠说："我今天要使你像当上国王一样，来，把这一百埃居（法国古币名）拿去，好好地存起来，将来你会用得着的。"

一百埃居，这可不是个小数字！鞋匠以为自己看到了百多年来，大地为了满足大家的需要生产出来的全部钱财。

他回到家里，把钱藏在地窖里，但同时也把他的欢乐给藏没了。自从他得到了那笔使他发愁的钱之后，他的歌声消失了，睡眠也离他而去，而忧虑、怀疑、虚惊，倒成了他家里的常客。他整天都提心吊胆，怕有人把钱抢了去；要是夜里猫儿弄出点声响来，他便以为连猫儿也在偷钱。

最后，这个可怜的人跑到财主家里去，对他说："把我的歌声和我的睡眠还给我，把你那一百埃居拿回去吧！”

乌鸦和狐狸

乌鸦落在一棵树上，嘴里叼着一块奶酪。狐狸闻到了诱人的香味，抬头看见了乌鸦。狐狸对乌鸦说道：“乌鸦先生，您真是太漂亮了，如果您的歌声能与您的羽毛一样美丽，您就是林中凤凰了。”

听到这些恭维话，乌鸦有些得意忘形。为了展示它动人的歌喉，乌鸦张大嘴巴唱起歌来，奶酪就掉了下去。狐狸把奶酪骗到后，便说：“乌鸦先生，好好记住这个教训，所有阿谀奉承的人都是依靠谄媚生活的，谁爱听奉承就该谁倒霉。你用这块奶酪换来教训也不算亏。”

乌鸦又恼又悔，发誓不再上当，但是为时已晚。

窃贼和驴

有两名窃贼，偷了一头驴。如何处理这头驴，两个人出了分歧。一个人想留下来养着，另一个人想把驴卖掉，话不投机便打了起来。两个人正打得不可开交时，走来了第三个贼。他趁火打劫，把那头驴给牵走了。

姑娘

一位美丽的姑娘想找一个这样的丈夫：年轻漂亮、身体健康，温文尔雅，既不冷淡，又不妒忌，还希望他财产多，有个好门第，再加上聪明机智。总之，要十全十美。

许多显贵的求婚人接踵（zhǒng）而至，这位美人对他们都不满意：“怎么？我怎么能嫁给这些人？他们的样子太可怜了，来呀，大家最好来把他们瞧一瞧！”

一个毫无风趣，另一个鼻子太难看；这个这里有毛病，那个那里有缺点，总之全不行。

这位美人像个高傲的公主，把优秀的求婚人打发走之后，那些平庸的人便成群结队地前来求婚。她立刻嘲笑他们：“啊，我真够宽宏大量的，还肯走来给诸位打开大门。你们以为我已经为自己发愁了吗？感谢上帝，尽管我有那么一点点孤单，但一点也不感到寂寞。”

当时，这位美人的心情还相当轻松愉快。但随着岁月的流逝、年岁的增长，她的处境每况愈下，所有求婚人全都走光了。她日益感到，微笑、爱情都离她而去，后来连她的容貌也无法讨人喜欢了。她虽然涂上各种脂粉，但这番苦心对爱情也无济于事。她无论怎么努力，都无法逃脱那神通广大的窃贼——时间对她容貌的侵蚀。房子倒坍（tān）了，可以修葺（qì），但容貌变丑了却没法子恢复。原来装腔作势的她，这时也只好改唱另一种调子，她对着镜子说："快去找一个丈夫吧！"

最后她嫁给了一个粗鄙的家伙。

老人和驴

一位老人牵着驴，看到路旁有块地长满了繁茂的花草，就松开了驴的嚼（jiáo）子，驴一路飞跑朝嫩草地奔去。它在那儿打滚、蹭（cèng）痒，欢蹦乱跳，边喊边吃，把草地弄得一塌糊涂，有些地方简直没剩下一根草。

这时，敌人将至。"咱们快跑吧！"老人焦急地说。

"为什么要跑呢？"正在草地上打滚的驴子问道，"敌人会给我架两副鞍子，让我驮两倍的货物吗？"

"不，这倒不会的。"老人说完，便逃之夭夭了。

"我归谁所有，对我不都一样吗？"驴子自言自语地说，"你尽管逃跑好了，让我待在这里啃嫩草吧。反正对我来说，敌人和主人都是一个概念。”

狼在猴法官面前告狐狸

一只狼谎称有人偷了它的东西，而它的邻居狐狸，一贯有小偷小摸的行为。

因为这桩捏造出来的失窃案，狐狸被传到了法庭。在猴法官面前，双方开始了争辩。它们都没有请律师，就靠自己的陈述。猴子从来没有受理过这样复杂的案子，急得猴子坐在法庭的高背椅上直冒汗。在听取了双方的辩论、反驳和愤怒的叫喊后，法官渐渐看清了狼的奸诈和狐狸阴险的嘴脸。

猴法官对狼和狐狸说：“两位先生，我认识你们好长时间了，现在你俩都将被罚款。比如说你——狼，别人根本没有偷你的东西，而你今天却诬告；而你嘛，狐狸，却拿走别人让你归还的东西。”法官的这一招确实省事，它认为对坏人的案件瞎审判，是怎么错也不会错到哪儿去的。

两头公牛和一只青蛙

为了争一头母牛和一块地盘，两头公牛发生了争斗。

一只青蛙见到后唉声叹气。它的同伴不解地问它："这和你有什么关系？用得着如此愁眉不展？"这只青蛙答道："唉，你怎么连这点道理都不懂呢，争斗的结果不外乎失败者被撵（niǎn）走。流亡的公牛被迫离开牧草茂盛的田野，而在荒野上一口草也吃不到。它一定会来到我们这长满芦苇的沼泽地，将我们踏在脚下、踩在水里面，最终导致我们大家都变成肉泥。"

这种担心是不无道理的。果然，不多久，被打败的公牛来到沼泽地栖身，群蛙受到了严重的伤害，短短一小时就有20只青蛙惨遭不幸。

这实在可悲，我们常能看到大人物的愚蠢举动，直接导致了无辜老百姓的灾难。

中年男子和他的两个对象

有一个中年人，头发已经花白，他认为到了该考虑婚事的年纪了。他不缺少钱，因此也就有了好好物色一下的资本。

令他骄傲的是，女人们都竭力想讨他的欢心，因此，这位多情公子也就显得从容不迫。婚姻确实是一辈子的大事啊。

在他的心里，有两个女人令他钟情：一个还挺年轻；另一个则是半老徐娘，只是因为善于保养，弥补了岁月在她脸上刻下的痕迹。这两个女人与他谈情说爱，眉目传情，对他恭维谄媚，还不时替他梳理头发，进行一番美容美发。年纪大的女人为他梳头时经常偷偷地拔掉他的黑发，为的是使她与其所爱的人更为般配；年轻的女人则拔掉他的白发。

一个脑袋怎经得起如此的拔法，不多久，那花白的脑袋就开始谢顶，最后变得光秃秃的了。中年人这才醒悟过来，便对二位说：“美人儿，我十分感谢你们，你俩让我的脑袋秃成这样，权衡利弊，我现在才明白，我不敢谈什么婚事了，我想娶的人老是用她的而不是我的生活方式来规范我。现在头是秃了，美人儿，你俩给我的教诲我却将终生受用。”

年轻的寡妇

妇女在丈夫逝世后，开始时一般总是号啕痛哭，此后就是叹息、自己安慰自己。随着时光流逝忧伤逐渐淡漠，时间终于又给她带来了欢乐。守寡一年和独居一天是两个完全不同的概念，很难置信的是这竟是出于同一人的两种态度。

前者沉溺在真诚或虚伪的叹息中不能自拔，唱的总是老调调，说的也总是老一套。寡妇诉说自己无可慰藉（jiè），其实情况恰恰相反。下面的故事您一看就会立刻明白过来。

一个年轻漂亮的妇人，她的夫君一命呜呼了。妇人捶胸顿足地哭嚎：“你等着我呀！我要随你一同去呀，我的心灵会随同你的灵魂一同升入天国。”

父亲安慰女儿说：“我的乖女儿，你别哭得这么伤心，你让这张美丽的脸蛋泡在泪水里，也救不了死去人的性命！既然这世界属于活人，那就请别老惦记着死者。当然这不意味着让悲痛变成婚礼的快乐的场面马上出现。不过，等过些日子，到时我会给你介绍一个如意郎君，他既年轻英俊，又健康大方，如同你死去的丈夫一般。”

“啊！”妇人连忙说，“我需要的是一座修道院。”父亲让其默默地在哀愁中体会自己的不幸。一个月过去了，当第二个月来临时，她已开始每天在衣服和发式上变换花样款式，最后连丧服也成了她的一种装饰，至于其它的种种穿戴那就更不用说了。爱神又回到了她的身旁，嬉戏游玩，欢乐舞蹈，她逐一享受。父亲不再怕对她提起她如此亲爱的死鬼丈夫。由于他没向这位漂亮的女儿履行诺言，以至于妇人不得不向父亲发问：“您曾经答应我的那位年轻的丈夫找到没有，他在哪儿？”

伪装成牧羊人的狼

有只狼由于难得逮着附近的羊，决定要改变一下自己的模样，好好学一下狐狸的伎（jì）俩。

它穿上牧羊人的服装，找了根木棍做牧杖，为了装得更像，没忘带上牧羊人的笛子，学着用前爪抓着牧杖，蹑（niè）手蹑脚地靠近了羊群。真正的牧羊人正躺在草地上小憩（qì）。他的狗、大多数羊和他的笛子都没有发出一点声音，好像都进入了梦乡。

为了把一些羊赶到密林中去，伪装的狼便学着牧羊人的声音吆喝。谁知这一下露了馅，狼的嗥（háo）叫根本不像牧羊人的声音，大家都被这丑陋的声音惊醒了，并且人人喊打。可怜的狼被自己的装束绊倒，只好束手就擒。

骗子总不会伪装长久，狼就是狼，真所谓万变不离其宗。

狮子与牛虻

“滚蛋！你这不足挂齿的小虫！”这一天，狮子发怒地对着牛虻（méng）吼道。

牛虻被激怒了，向狮子发起了袭击。

“你以为你号称是百兽之王我就会怕你吗？蛮牛比你有力气都任由我摆布。”说话间牛虻扑扇着翅膀，发出嗡嗡声，然后摆开架势，对准狮子的脖子一头扎了下去。狮子气得发疯，它四爪乱舞，眼露凶光，唾沫四溅，声声怒吼，百兽被吓得魂不附体，纷纷逃之夭夭。

一只小小的牛虻竟弄得大家不得安宁。

战了百十个回合，狮子浑身上下就连鼻孔都遭受到袭击，它真是怒火中烧，用尖牙利爪把自己撕咬得遍体鳞伤，用尾巴抽打着它的身体山响，可每一下都扑了空。愤怒、疲惫之狮终于无力地瘫倒在地。此时，小小的牛虻高兴地笑了，它鸣金收兵、凯旋回朝。

一路上，牛虻到处夸耀自己的战果，却不料蜘蛛张网以待断送了它的性命。

由此得知：最可怕的敌人是轻敌思想。能够战胜强大对手的人，往往会因小小的失误葬送自己的前程。

猫和谨慎的老鼠

有个寓言家叙述过这样一个故事。

有一只十分厉害的猫，它英勇善战，是老鼠的克星。老鼠见了这只猫，就像看到了地狱里的勾魂鬼，猫所到之处老鼠闻之色变。这只猫发誓要消灭世界上所有的老鼠。与它相比，捕鼠器、灭鼠药等都不值一谈。当它看到老鼠吓得躲在洞里不敢出来觅食时，它就把自己倒吊在房梁上装死，这狡猾的家伙还抓着根绳索。看着这可怜相，老鼠还以为它是偷吃了主人的烤肉或奶酪，再不就是抓伤了人或闯了祸，遭到吊起来的惩罚。于是，所有的老鼠都从洞里出来，准备为它的死亡而庆贺。开始时老鼠还只是试探性地伸出鼻子，露出小脑袋，再缩回窝去，渐渐地它们试探着走出来几步，然后伸伸懒腰四处找东西吃开了。就在这时，装死的猫复活了，它脚一落地便按住了几只动作迟缓的老鼠。

“我的计谋可多了，”它嘴里塞得满满的还在说，“这是个传家宝，你们藏得再深也无济于事，到头来都只能成为我的腹中之物。”

果然应验了预言，看似温文的猫老兄又一次让老鼠上了当。这一次它把全身涂上白粉，连脸上也不例外，打扮收拾停当，它缩成一团藏在一个打开了盖的面包箱内。由于伪装得巧妙，小心翼翼的老鼠又撞到门前来送死了。只有一只曾因从猫口逃生而丢掉了尾巴的老鼠见多识广、足智多谋。“这团面粉再好我也不能要，”它自言自语地远远打量化了妆的猫，“我怀疑这里面一定有什么名堂，不要说你装成面粉，你就是装成奶酪，我也不会中你的圈套，你休想。”

这只老鼠讲得真是太好了，它的确成熟。办事要谨慎，凡事问个为什么，否则将会大意失荆州。

牧羊人与海

一位住在大海边上的牧羊人，靠放羊为生。他虽然清贫，但无忧无虑、生活稳定。可后来他被卸在码头上的货物所吸引，于是卖掉了羊群，把钱用来做海运买卖。不走运的是货船遇险，使他血本无归。不得已他只得重操旧业。他没有了过去的悠闲生活，只好拼命干活。经过一段时间的积攒，他又买来了几只羊。

这一天风平浪静，一只货船平安地靠了岸。“噢，大海，你又诱惑我向水中扔钱了，”牧羊人喊道，“你骗得了别人，可再不会使我上当。”

这不是一个杜撰的故事，它来自生活。经验告诉我们，宁赚一毛实在钱，不要五角风险金。我们要立足于本职，面对财富的诱惑能够不为所动。也许个别人投机取巧能获成功，但大部分人常常是悔恨不已。大海确实是淘金之地，但你也知道，随之而来的是狂风和海盗。

园主与官员

一个有文化有教养的园艺师，在村子里有一座修剪打理得挺不错的园子。花园里有一块地，四周种的一圈灌木成了篱笆。园子里蘑菇和莴苣长得很好，虽然西班牙茉莉种得不多，但百里香却是不计其数，姑娘们的生日有足够的鲜花可供赠送。哪知道一只野兔竟搅乱了平静幸福的生活。于是园艺师找镇上的官员报告：“这该死的东西不分昼夜地糟蹋植物，连陷阱、石块、棍子都对它无可奈何，我觉得它一定有魔法在身。”

“有妖法？那我倒要去领教领教。”镇官接着又说：“不管它真有魔法，还是假有魔法，我的猎狗都能一下子抓住它。放心吧，朋友，我敢保证。”

“您几时过来？”

“别延误了，就从明儿开始吧。”事情就此说妥了。

镇官带着人马来了。“这么着吧，我们先吃饭。”他说，“你家里有子鸡吗？嗨！屋里的姑娘快过来让老爷瞧瞧，你们什么时候为她置办嫁妆？找姑爷了吗？”

边说边让姑娘挨着他坐下套近乎。“朋友，这可是要大操大办一番啊。”说着拿起姑娘的手，托着胳膊，撩起姑娘的头巾直打量。姑娘客气地抽回手，站了起来。作园艺师的父亲也看出了镇官的轻浮嘴脸。这个时候，全家人都在忙着给客人下厨烧菜。

“你的火腿已熟了，看样子味道一定不错。”

“老爷，这是为您特地做的。”

“真的吗？”镇官说，“我倒是很想尝尝。”于是这一伙人马放开肚皮大嚼了一顿。

老爷在园艺师家里俨（yǎn）然像主人般发号施令、肆行无忌。酒壮色胆，竟对姑娘动起手脚来。

饱餐之余，这些人胡作非为，花园里号角震天，闹得园艺师头皮发麻。可怜的菜园被他们踩得不像样子，莴苣和韭菜、葱没剩一根，连今后做汤也成了问题。野兔藏在大白菜下的地洞里，这些人追捕驱赶，使它从一个缺口，就是镇官为了骑兵方便强行在篱笆上开的一个很大的缺口跑了出去。

园艺师叹息道：“老爷的本事真是让人服了！”这伙人短短一小时内使园艺师所造成的损失，要远远超过当地所有野兔近百年来造成的损失。

弱小之国，要靠自己解决内部的争端，求助于大国实在失策。不要让他们插手你们的纷争，也不要让他们踏上你的国土。

知了和蚂蚁

整个夏天，知了都在不知疲倦地唱歌，它不去劳动，也不积攒粮食。

冬天转眼就来临了，北风呼呼地刮着。知了也没有什么吃的，肚子饿得咕咕叫。它狼狈不堪，走到野外去找食物，可是连苍蝇和蛆虫都找不到了。可怜的知了走投无路，只好敲开蚂蚁的门。

“亲爱的蚂蚁，请你行行好，我肚子实在太饿了，请你借一点麦子给我吃吧。”

蚂蚁虽然把过冬的食物准备得足足的，但那都是它自己辛辛苦苦找来的，所以不愿给知了。知了又哀求它：“亲爱的蚂蚁，我以昆虫的名义向你保证，在明年八月之前，我一定连本带利一起还你。”

蚂蚁想，自己还要过整整一个冬天，要是把食物借给知了，自己吃什么呢？它没有办法，只好拒绝了知了的请求。它对知了说：“你现在知道肚子饿了，可是整个夏天，你都在做什么呢？”

“我整个夏天都很忙碌，不分白昼地在为人们唱歌，哪有时间去准备粮食呢？”

蚂蚁说："是啊，是啊，你的歌声倒是好听；那好啊，现在你还可以饿着肚子跳舞呢！"

公鸡和狐狸

一只老谋深算的老公鸡，飞到树杈上张望。

"老弟，"一只狐狸走过来，和颜悦色地说，"我们应该停止对抗，从现在开始实现全面的和平。我是来传送这个好消息给你的，你快下来吧，让我们彼此拥抱庆贺吧。今天我还要跑20个地方去报告这个好消息呢。你和你的同伴们尽管开心地寻找欢乐，而我将为你们效劳，从今晚起大家可尽兴狂欢，但请你首先接受我深情的一吻吧。"

"朋友，"公鸡答道，"再也没有比和平更美好的字眼了，尤其是能从您嘴里听到，更叫我欣喜若狂。我现在看到了有两只猎狗正朝我们这里跑来，它们肯定也是来报告和平消息的信使，它们跑得飞快，不一会儿就会来到树下，我马上就下来，大家好尽情地亲吻和拥抱。"

"再见吧！"狐狸慌张地说，"我现在要赶路了，还是留着下次来庆贺这一消息吧。"

说着这狡猾的家伙撒腿就跑了。

老公鸡站在树杈上，瞅着狐狸那气急败坏的模样，开怀大笑。能使骗子中计，还有什么能比这更让人高兴的呢？

酒鬼和老婆

俗话说得好，江山易改，本性难移。有个酒鬼因为贪杯使家境受到了很大的影响，人到中年就把家财喝了个精光。

这一天，他又喝得酩酊大醉，他的老婆气不过就把他扔进了乱坟岗。

待他昏睡了很久醒来时一看，甚为纳闷：咦？四周怎么都是陪葬品，我什么时候竟来到了坟地？“哦！”他摸摸脑门，瞅着眼前这些东西，“我的老婆十有八九已经成了寡妇！”

他的老婆这时正身穿着鬼魂的衣服，戴着狰狞的面具，拿腔拿调地走到刚醒酒的丈夫面前，端上来一碗给死鬼的热汤，把个酒鬼吓得灵魂出窍。“你是谁？”他问道。

“我是阴曹地府中专管吃喝的。”她答道，“我是专门来给你们这些死鬼送饮食的。”

酒鬼听说后马上说道：“行行好，你能不能带点酒来给我喝啊？”

恶婆和女仆

有一个老太婆，她收养了两个使唤丫头。

这两个仆人纱纺得特别好，已经达到当时的最高水平。老太婆把心思全都用在了如何给女仆分配活计上了，当她把女仆打发出来干活时，纺车便开始了运转，纺锤也被拉得紧紧的，两个女仆只能不停地紧张地干活，根本不可能偷懒。

每天曙光初现时，有一只该死的公鸡就拉长了脖子高歌起来。一听到公鸡啼叫，这可恶的老太婆立即套上了那条满是污垢、令人作呕的裙子，端上油灯赶到了女仆的床前。这两个可怜的女仆因劳累而睡得正香，被恶婆吵醒后，一个睡眼惺忪，另一个则伸着懒腰，两人很不情愿地起了床，嘴里骂道："可恶的瘟鸡！真该死！"

后来，她俩找了一个机会把公鸡逮住给杀掉了。从此，这个烦人的"闹钟"再也不响了。可是杀了这只鸡也并没有改变她们的处境，恰恰相反，当这两个女仆刚刚躺下后，老太婆怕误了钟点，就比以前更早地起来催人上工，吵得通宵都不得安宁。

在很多时候，当我们满以为摆脱了某种恶劣的境况时，实际上却往往事与愿违，陷得更深。两个女仆所遇到的情况就完全可以说明这一点。恶婆取代了那只公鸡，而女仆命运更惨，真可谓前门拒狼，后门进虎。

命运和孩子

有一个正值读书年龄的孩子，躺在一口深井的井沿边上睡着了。

小孩子困了的时候，是什么地方都能够当床、在什么地方都能熟睡的。但现在看到他睡在这井沿边上，有常识的人见了都会吓得手足无措。

庆幸的是命运女神这时恰巧路过了此地，她轻声地叫醒那孩子，说："乖孩子，我救了你，你今后可得注意些啊。你要是掉到了井里，人们将会责怪我，但这却是你自己不小心呀。今天我想问你，假如因为自己粗心大意造成麻烦，你会怪罪于我吗？"说完话她悄然离去了。

听了这话后，我很赞同命运女神所讲的观点。目前世界上发生任何大小事情都会归罪于她，人们因愚蠢、糊涂，办事不如意时，都用命运不好来替自己解脱，让命运来承担后果；总之，完全责怪命运女神，而从来不去想自己的失误。

牧羊人和国王

有两个魔鬼无所顾忌地控制着我们的生活，使我们完全失去了理智，每个人都为了它们而献身。

您要问起它们的尊姓大名，一个叫爱情，另一个叫野心。

后者无孔不入，连爱情的地盘也是要进入。这一点大家很清楚。接下来我要讲一个故事，国王如何召牧羊人进宫。

故事发生在那古老的过去，也不是我们身边的事。一个国王看到原野上遍布的羊群在牧羊人的悉心照料下，膘肥体壮，给国王带来了好的收入，这一切使国王十分高兴。于是，国王对牧羊人说：“你去治理老百姓吧，别照看你的羊群了，我要让你成为一个有权有势的法官。”

如此这般地，这位牧羊人就执掌了法官的正义之剑。此前，他只见过一位隐士，没有和其他任何人打过交道。但他有良知，因此，他也就有了其它的一切，总之，他轻易地取得了这一切。

这时，他见过的那位隐士赶忙来劝他：“我是醒着的吧？这该不是做梦吧？你已成了宠臣、要员！你可千万要提防国王，他的恩宠是靠不住的，那会让人上当受骗，糟糕的是你将为此而付出沉痛的代价。错误地信任君王将会招来大祸，也许现在你还看不到，这种诱惑会使你不能自拔。我以朋友的身份相劝，遇事要多留个心眼！”

牧羊人笑着点点头。隐士接着又说：“你瞧，宫廷生活已经使你变得很不明智了，这就像看到一个瞎子要外出旅行，捡到一条冻僵的蛇，却又把它当成一根鞭子，而把自己腰里的那根鞭子丢弃了，正当他庆幸上苍给他好运时，一个过路人就叫道：‘你手里拿的是什么呀？啊！老天爷，请快把这阴险毒辣的东西扔掉吧，这是条蛇！’‘这是根鞭子。’‘这是一条蛇，我跟你说，这和我又能有什么关系？我干吗要操这份闲心呢？你硬是想留下这‘宝贝’吗？’‘为什么不行呢？我已经没有了自己的鞭子了，现在又找到了一根很不错的了。你向我说这些该不会是嫉妒我吧？’这个瞎子最终没有相信过路人的话。果然，等蛇苏醒过来后，就在他手臂上咬了一口，因此，没过多久他就送了命。至于你，我冒昧地预言，你将会大祸临头。”

“唉！除了死之外，还能有什么比这更为不幸的事情呢？”

“无休止的烦恼将会接踵而来。”隐士预言说。

隐士的话果然言中了，烦恼不期而至。朝中的奸臣玩弄许多阴谋诡计，国王也不由得对法官的正直和政绩产生了怀疑。有人策划阴谋，有人唆使着上诉人和一些曾被他逮捕而受到了惩罚的人。这些奸臣说："他曾用我们的钱财为自己盖了一座豪华住宅。"

法官被革职。国王倒很想看看这些所谓搜刮而来的无数财富，可是等他到了法官的家里，看到的却只是些很平常的东西，家境的清贫证明了法官的清廉。

"他搜刮的钱财，"又有人说，"主要都是一些贵重宝石。他有一只很大的箱子，里面塞得满满的，用十把锁锁着呢！"

于是，国王亲自打开了那只箱子，把这些搞阴谋的人弄得十分尴尬。箱子里全是破烂：有牧羊人的衣服、小褂、小帽、干粮袋、羊鞭等，甚至好像还放有他从前用过的风箱。

"这些都是我的宝贝！"法官对国王说，"是我过去的生活的见证，它们从不招惹妒忌和谎言的。我要重新带着它们离开这个豪华的宫殿，就如同走出了梦境一般。陛下，请您原谅我如此的感叹，在当初我飞黄腾达的时候，我就已经预料到自己的结局，这一切我已心满意足了，不过话要说回来，谁的脑子里会没有一点点野心呢？"

苏格拉底的话

一天，古希腊哲学家苏格拉底盖了一座房子，大家聚到一起，对这座建筑评头品足。一个人说，说真的，这房子的内部结构和哲学家的身份非常不相称；另一个也批评房子的正面不很美观。而大家一致的看法是这房子太小了，在里面都转不开身来。

苏格拉底却说："假如真正的朋友能挤满这座房子，不仅是我，连老天也会很高兴的。"

睿智聪慧的苏格拉底说得对，真正的朋友要想挤满这所房子就会嫌它大了。都说是自己的朋友，只有蠢人才会相信。没有一个词比朋友这个词用得多，但真正的朋友却实在太少。

巧舌如簧

一只蝙蝠冒失地一头闯进了黄鼠狼的家里，黄鼠狼见到这送上门的死鬼，恨不得一口把它吞下肚里去。"怎么？"黄鼠狼叫道，"我与你们势不两立，你居然还敢跑到我面前来送死，难道你不是老鼠吗？你如果要敢否认，我也不叫黄鼠狼了。"

"请原谅，"倒霉的蝙蝠申辩说，"瞧我的血统，我是老鼠吗？坏家伙才会对你这么说。感谢上帝，赐给我一双翅膀，展翅飞翔的神万岁！"

它讲得似乎十分有道理，黄鼠狼只得放了它一条生路。

事也凑巧，两天过后，这个倒霉蛋又闯进了另一只黄鼠狼的家中。蝙蝠又面临着一次生命威胁。长嘴的黄鼠狼夫人看着这只鸟，正好想把它作下饭的菜。蝙蝠大声地辩解："您没搞错吧，鸟是有羽毛的，你看我浑身上下没有一根羽毛，我只是一只地地道道的老鼠。我要高呼：老鼠万岁！愿神让猫都不得好死！"

蝙蝠就是用它的巧舌躲过了两次杀身之祸。常有些人善于变化自己的嘴脸，他们总是能在危险情况下化险为夷。这些人惯于见机行事，他们今天举起左手拥护这个主义，明天又举起右手拥护那个主义。

学问的价值

从前，在一座城市中两个市民为不同的意见而发生争执。一个人贫困却有学问，另一个人富有但却十分无知。

富翁想贬低穷人，他认为一切聪明人都应当尊重他，说不尊重他的人是傻瓜。但穷人认为没有道理去尊重一些没有价值的财富。

“我的朋友，”富翁对聪明人说，“你觉得自己应该受到别人的尊重，但你对我讲，你举办过宴会吗？你这种人，识文断字又有什么用？你们总是住在顶层的亭子间内，一年四季所穿的衣服既没有区别也没有变化。我们的国家真需要像你们这种不需花费多少钱的人吗？但是要我说，只有多花钱过舒服日子的人才会促进社会的发展。苍天在上，只有我们拼命花钱享受，才能使手艺人、卖货郎、做裁缝的、做佣人的，还有你们这些把自己不像样的作品送给银行家的人有口饭吃。”

这极为狂妄的大话深深地刺伤了那个聪明人的心，有学问的人有满腹道理可以反驳富人，但他不愿同他多费口舌。以后发生的战争报了他这一箭之仇，而且比任何的反驳或讽刺效果都要妙，战争摧毁了富翁和穷人的住宅，两人都背井离乡。没文化的富翁已沦为乞丐而遭人唾弃，而贫穷的文化人则仍受人尊重和款待，他俩之间的争端也就画上了一个句号。

可以这么说，无论傻子如何贬低知识的价值，但是学问经得起考验，价值与日俱增。

激流和河流

一道激流从悬崖顶上直泻而下，发出雷鸣般的轰响声，一切生物见到它逃之不及，荒野也为之颤抖。从没有一个过路的人敢跨过这道天险，只有一人因为迫于强盗的追抢，只好冒险涉过去，希望激流能阻隔强盗，让他们望而生畏。

但是，这条响声大得吓人的水流，水其实很浅，这人最后只不过是虚惊一场。成功尝试壮了他的胆，但强盗仍穷追不舍。

途中他又碰到了另外一条河，这条河水平静而安宁，就像婴儿熟睡进入了梦境。此外，两岸也没有陡坡，河水清澈见底。他想，涉过这条河是轻而易举的，于是就下了河。没想到，这条平静如镜的河却使他丧生了。就这样，他和强盗都因不会泅渡而去了阴间。

由此观之，一声不吭的人一定要提防，而每天喧嚣笑闹的人倒不一定要介意。

教育

“肥肉”和“恺撒”是同胞亲兄弟，它们的祖先都是名贵的狗种：强壮、勇敢、漂亮。

由于一个非常偶然的机会，它们分别到了两个不同主人的家里。“恺撒”经常在厨房，“肥肉”却去了森林。结果，“肥肉”发挥了它的长处，而“恺撒”则蜕变成厨师的助手，人们改称它为“肥肉”了。

“恺撒”的兄弟因经历沙场的考验，追野猪、逐奔鹿，成为战功赫赫的狗、真正的恺撒。它还特别留意在婚姻中不使自己孩子的血统退化。

可“肥肉”在这方面却毫不在乎，它随便繁衍自己的后代，与它遇到的任意的对象交媾，也正因为如此，这类劣狗在法国随处可见，形成了庞大的家族，但一碰危险便逃之夭夭，与那些“恺撒”相比真有天壤之别。

人们很难与自己的祖先、父辈保持相同，由于疏忽，加上时间的淘汰，许多因素都会使人退化。缺乏对人秉性和天赋、潜质的后天培养，确实说不清有多少“恺撒”将要蜕变成“肥肉”！

老人和三个青年

一位80多岁的老人正在种树，邻居家的三个青年却在说风凉话：“要是为了建房子种树的话还说得过去，可瞧他这么大的年纪竟还种什么树！他一定是老糊涂了。”

“老天在上，请问您这一举动能给您带来什么好处呢？您必须像圣经中所说的族长一样长寿不老才行呀。何必操那份闲心，去关心那和您八竿子打不到的未来呢？”

"从今天起，您只需回首已过、三省己身，不用作长远规划和不切实际的打算了，这一切只适合于我们年轻人干。"

"你们错了，"老人立即反驳道，"一切事业的创建都是来之不易的，而且不能一劳永逸。女神掌握着你、我的生死命运。我们的生命都是很短暂的，在我们当中很难说谁能最后一个去享受天空的蔚蓝和灿烂的阳光。谁能够说自己的生命得到了什么充分的保证呢？我的子孙将会感谢我留给了他们的这片绿荫，那么你们还是否会禁止贤人为他人的幸福而操劳呢？贤人为他人的幸福而操劳，今天我品尝到的果实就是前人所给我们留下的，而且明天还可以继续享用，也许还不止一次地会在你们的墓前迎接着黎明。"

老人的话得到了验证。三个青年有一个要去美洲，他刚一出港口就被淹死了；另一个为了报效祖国、光宗耀祖，在战争中被夺去了生命；第三个青年则是在给果树嫁接时，不小心从树上跌下来摔死了。老人为三个青年暗自地伤心落泪，并且在他们的墓碑上刻下了上述谈话的内容。

聪明人和疯子

一个疯子拿起石头向一个聪明人扔去，聪明人敏捷地转过身来连连夸奖疯子，并对他说："我的朋友，你真是干了一件好事，喏，把这块钱拿去花吧，为赚更多的钱，也真难为你，够累的吧？常言道，按劳取酬，你看到那个过路人没有，他也会付钱给你的，你给他也来那么一下，这样包管能得到好处的。"

这个疯子为这话语所诱惑，他对那个过路的有钱人也如法炮制，可惜这次却没有得到人家的报酬，保镖立刻围了过来，揪住这疯子一顿拳脚，打断了他的脊梁，送他归了阴曹地府。

在国王身旁也时常有这样一类疯子，他们为了博得国王一笑，不惜加害于你。为了制止他们源源不断的谗言，你难道用粗暴的举动对付他们？恐怕你的权力还没能达到这种程度，那么你不妨将这种人带到是非之地，在那里他自然受得到恶人的惩罚。

狐狸和狼

狐狸对狼说："亲爱的，我的饭菜通常总是一只老公鸡，不然就是些瘦小鸡，见到这饭菜我就倒胃口。你的饭菜比我的丰富得多，所担的风险又小，我必须走近住宅，而你躲在一旁就行了。把你的本事教给我吧，好哥们，行个方便吧！让我成为狐狸中最棒的一只，能在铁叉上烧烤一只肥羊慢慢享用。我绝不会忘恩负义的。"

狼说：“我乐意为你效劳。我的一个兄弟刚巧死了，你赶紧去把它的皮拿来穿上。”狐狸正欲去取狼皮时，狼又说道：“假如你想甩掉看守羊群的猎狗，你非得学会一些必要的本领不可。”

狐狸披上了狼皮，反复操练着它的狼老师告诉它的动作要领。开始时的动作还不太像，到后来就十分逼真了，以至于惟妙惟肖、以假乱真。正当它刚学好这套本领时，恰巧有群羊从此地经过。这只披着狼皮的狐狸立刻奔了过去，一时间恐怖气氛笼罩了山野。就这样，羊群仿佛看到了地球就要毁灭一般，狗、羊群和牧羊人都朝村子里狂奔逃命，只有一只母羊跑得慢，快被这个披着狼皮的强盗抓住了。可就在离羊还有几步的地方，狐狸听到一只公鸡在打鸣，这个不合格的学生马上朝公鸡蹿了过去，把它老师给的那件狼皮工作服丢在了地上。此时，什么动作要领它全都抛到了脑后，它向往的猎物还是那只令它垂涎的鸡。

狐狸和火鸡

为了对狐狸的进攻进行有效的抵御，火鸡把自己栖息的树当成了一座城堡。这阴险的狐狸已经绕树转了好几圈，瞧见每只火鸡都很有警惕性。于是，它恶狠狠地喊道：“怎么啦，这些躲在树上的家伙居然敢跟我作对，你们以为这样就能免于一死？不，决不！我对天发誓，我决不会轻饶你们的！”

这天晚上月色皎洁，好像专门与狐狸作对，这对火鸡来说当然是再好不过的了。当然狐狸在进攻敌手方面也毫不含糊，它诡计多端，一肚子坏水，忽而装作佯攻向上爬，忽而又踮起身子向上移，接着装死躺下，一会儿又爬起来，就像喜剧人物扮演的不同角色。狐狸竖起了肥大而又油光闪亮的尾巴，还要了各种各样骗人的把戏。在这段时间里，没有一只火鸡敢放松警惕打一个盹，敌情使它们两眼圆睁，紧张地注视着前方的风吹草动。

时间一长，这些可怜的火鸡都头晕目眩，不断地从树上栽下来，几乎有一半的火鸡掉了下来。狐狸把掉下来的火鸡逮住，全都拴在了一起，并把它们全宰掉放进了自己的食品橱里。

要知道，越是到了危急关头，神经越是不能太紧张，否则，乱了自己的方寸，就会像火鸡一样，来个倒栽葱。

淹死的妇女

我决不会说这样的话："这算不了什么事，一个跳水自尽的女人。"应该说这是一件大事。女性太值得我们怜爱了，理由是她们使我们的生活充满欢乐。我的开场白丝毫没有离题，因为在下面的故事里要讲到一位在河水中寻短见的可怜的女人。

她的丈夫四处寻找她，以便在这不幸的事件中尽到自己的责任，并料理后事。他来到这条发生不幸之事的江边，在此地散步的人还不知道发生过事故。丈夫问他们是否看到妻子的踪迹。一个说："没有见到，但你可以顺着水流到下游去寻找。"

另一个人却说："不，别顺着水流走，你最好还是往上游走。一般情况下，江水会顺着水流把她带到下游，但是她那爱闹别扭的性格，却会使她漂到河水的上游。”

这个人说笑话也真不是时候。至于说到爱闹别扭的性格，也许他说的话还真有点儿道理。但这种性格可能是女性的缺点，它会贯穿女人的一生，假如条件允许的话，别扭很有可能也要闹一生呢。

狼、马和狐狸

有只狐狸，虽年纪轻轻，却学得老奸巨猾。它生平第一次看到了一匹马。而一只狼，还刚刚出道，狐狸赶紧走上前去对它说：“你去看看吧，有只动物在我们的草地上吃草呢！它高高的个子，长得英俊潇洒，看到它，我心里现在还美滋滋的呢。”

“它难道比我们还健壮？”狼笑着问道，“我请你给我讲讲它到底是个啥模样。”

“假如我是个画家或大学生什么的，”狐狸说道，“我将先描绘出你见到它以后的喜悦之情。不过你还是赶紧跟我来吧，天知道呢，也许这份猎物命中注定是属于我们的呢！”于是它俩一起朝草地上跑去。

这匹在草地上吃草的马对两位不速之客可没有多大的兴趣，它想拔腿就走。这时狐狸赶忙走上前来对马说：“老爷，您卑贱的仆人很想知道大家是如何称呼您的。”

这匹马可不是等闲之辈，它回答说：“先生们，你们可以看到我的名字，我的鞋匠把它打在我的掌子上了。”

狐狸赶紧推说自己文化低，还说：“我的父母没有让我受一丁点教育，家里穷得丁当响，所有的家当就是一口土窑。而狼的父母则都是知名人士，它们让狼受到了良好的教育。”

狼听到这番恭维话后马上走上前来，想看看打在马掌上的名字，它的虚荣心让它付出了四颗牙的代价。这匹马把蹄子扬得高高的，照着狼的下巴踢了一脚，这只狼可是吃了大亏，流着血、受了伤，浑身十分地难受。狐狸这时事后诸葛亮似的对狼说：“兄弟，这件事算是验证了聪明人对我说过的那句话，今儿这匹马又把它写在了你受伤的下巴颏上，那就是：对一切陌生人都不随便相信才是聪明人。”

狗的友谊

黄狗和黑狗躺在厨房外的墙脚边晒太阳。虽然在院子门口守卫要威风得多，但是它们已经吃饱了，不想再冲着来来往往的人大叫了，于是就彬彬有礼地攀谈起来。它们谈到人世间的各种问题，自己必须做的工作，还有恶与善，最后谈到了友谊问题。

黑狗说：“人生最大的幸福，就是能和忠诚可靠的朋友在一起生活，有什么困难，就互相帮助；睡啊吃啊，都在一块儿；彼此相亲相爱，就像英雄好汉一样互相保卫；并且抓紧机会使朋友高兴，让朋友的日子过得更加快乐，同时也在朋友的快乐里找到自己的欢乐——天下还能有比这更加幸福的吗？假如你和我结成这样亲密的朋友，日子一定好过得多，就会连时间的飞逝都不觉得了。”

“太好了，我的宝贝，就让我们做朋友吧！”黄狗热情地说道。

黑狗也很激动：“亲爱的黄狗，过去我们两个白天、黑夜都在一块，简直没有一天不打架的，我好几回都觉得非常痛心！真是何苦呢？主人挺好的，我们吃得又多，住得也宽敞，打架是完全没有道理的！人类把我们当做友谊的典范，就让我们用行动向人类证明：要结成友谊是没有什么障碍的！来吧，握握爪吧！”

“赞成，赞成！”黄狗嚷道。

两个新要好起来的朋友立刻热情地拥抱在一起，互相舔着脸，那个高兴劲儿，简直不晓得拿什么来比拟。

“友谊万岁！”

“让吵架，妒忌，怨恨都滚开吧！”

就在这时候，天哪！厨子扔出来一根香喷喷的骨头。两个新朋友立即闪电般地向骨头直扑过去。友好和睦像蜡一样地融掉了。“亲密”的朋友“亲密”地滚在一起，相互撕咬，搞得一蓬一蓬的狗毛满天乱飞。

直到一桶凉水浇到它们背上，才把这一对宝贝拆开了。

人世间充满了这样的友谊。听他们讲话，你以为他们是同心同德；丢给他们一根骨头，就全成了狗了。

农夫和蛇

一个农夫，有一日跟蛇交上了朋友。我们都知道，蛇是聪明的，不久它就设法使农夫跟它十分亲热：农夫只夸赞它一个，永远把它捧到天上去。

然而如今，农夫的一切老朋友和亲戚，没有一个来上他的门了。

“这是怎么回事呢？”他说，“我请你们告诉我，你们哪一个也不来看我，这是什么缘故？是我的老婆没有按照礼数款待你们呢，还是你们嫌弃我的粗劣的食物呢？”

“不，”他的朋友答道，“问题不在这里！我们极愿意和你一起谈谈说说；你们两人，谁也没有在什么地方叫我们不高兴或是把我们得罪了——没有人会这样埋怨你们的，我可以保证！可是，如果跟你一块儿坐着，老是要东张西望的，提防着你的朋友会爬过来从背后咬我们一口，那又有什么乐趣呢！”

交上了坏朋友的人，是难以得到世人敬重的。

猫和厨子

一天晚上，有一个读书识字的厨子，从厨房跑到附近一家酒店里去。他是个热心肠的好人，一心一意地上那儿去追悼亡友。他留下他的猫儿来看守大批食物，防备猖獗的老鼠偷东摸西。

可是他回到家里看到了什么情况呢？地板上狼藉着吃剩的糕饼，猫儿蹲在一旁，躲在醋坛子附近，正在咪呜咪呜地撕一只小鸡吃哩。

“嘿，嘿！你这个馋嘴的东西，”厨子怒喝道，“你这个混蛋，就在这个屋子里，当着我这样诚实人的面，你竟吃起来了！你的良心上过得去吗？”

猫儿始终忙着吃它的鸡。

“你，你也这样？你这样难得的好猫，过去还拿你的良好行为当作全街的模范呢！你，你竟堕落到这样叫人痛心的地步！现在每家每户都要说了：‘它是个骗子，是个贼！不光不让它进厨房，而且一定不让它进院子，就像不让贪得无厌的狼闯进羊群一样！它真该死，它是败类，它比瘟疫还要糟糕！’”

猫儿一边听，一边潇潇洒洒地吃着鸡。

厨子仍旧滔滔不绝地说着，仿佛他的责备永远没有个完似的。可是他的道理还没有讲完，猫儿已经把鸡吃完了。

碰到这样的厨子，我一定要对他说：“在你厨房的墙壁上写上：奉命绝对不说空话，因为猫儿是不应该用空话来管教的。”

猫和夜莺

猫捉到一只夜莺。它伸出脚爪，只轻轻地一握就吓得可怜的小鸟缩成一团。猫在夜莺的耳朵边低声说道：“夜莺，我亲爱的小鸟，我听到人们到处在赞扬你的歌唱，说你唱的歌和第一流的音乐不相上下。老朋友狐狸的话是不会毫无道理的，它说你生就一副好嗓子，又甜润又动人，所有的人听了你可爱的歌曲，不论是牧童还是牧女，都会心醉神迷的。我想，我自己也十分喜欢听你歌唱。不要发抖，我的朋友，不要误会我的意思！你以为我要吃掉你吗？没有这样的事。我只要你给我唱支歌——如此而已。我要释放你的，让你在树林里漫游，从这棵树飞到那棵树！至于说到音乐呢，你要知道，我跟你一样爱好音乐。我也常常喜欢咪呜咪呜地唱着催眠曲睡去哩！”

但是可怜的夜莺抖得更厉害了，它在猫的脚爪中连气也透不过来。猫说：“我等着。哦，怎么啦？唱吧，我亲爱的——唱一支短短的小曲儿也行。”

但是夜莺唱不出来，它在惶恐中叽叽地哀叫着。

“你就用这种怪声怪调风靡整个树林吗？”猫发出讥讽的笑声，说道，“请问，大家赞不绝口的纯正而洪亮的歌声，都到哪里去了呢？哪怕是我自己的小猫，我也忍受不了这样的怪叫！我希望你能唱歌，显然是指望错了。让我来试试看，把你放在我嘴里是否味道要好些。”

我们的可怜的歌唱家就这样被猫吃得精光。

靠近一点，让我把如鲠在喉的话轻轻地说给你听：落在猫脚爪里的夜莺是唱不出歌来的。

农民和河

小河里的水泛滥成灾，一路上飞扬跋扈（bá·hù）地汹涌奔腾。遭殃的农民们实在忍无可忍了，他们决心去请求大河主持公道，使他们的损失得到赔偿。

大河平静而庄严地在河床中流动着，大城市安稳地矗（chù）立在大河的两岸。如果有人说大河会搞出那些个恶作剧来，大家一定要笑话他的。心地单纯的农民估计着，他们的损失是一定会得到赔偿的。

但是，当农民们接近河岸的时候突然发现，原来他们所损失的东西，半数都在这条大河上漂浮着呢！

所以他们也不白费劲诉苦了。这回不是瞪眼瞧着小河，而是瞪眼瞧着大河了。大家摇摇头，转身回家去了。他们在回家的路上说道：“不必白费工夫了。小河抢来的东西，统统跟大河分赃，我们去控告小河，还能有什么胜诉的指望呢！”

财主和他的长工

有一天晚上，财主和他的长工斯杰潘在树林里走着，突然迎面来了一只熊。财主刚叫喊了两声，就被熊那钳子似的前爪逮住了。熊把他紧紧地挟住，翻过来转过去，紧紧地压倒在地上，一心想挑个好地方下口。财主的性命眼看快完了。

“斯杰潘，好斯杰潘，别见死不救啊！”从熊的身底下传来财主可怜的求救声。

年轻力壮的斯杰潘运足全身力气，抡起斧子，把熊的半个脑袋劈将下来，又用钢叉刺穿了熊的肚子。熊惨叫一声，滚倒在地，咽了最后一口气。

危机过去了，财主却把他的救命恩人骂得昏天黑地。可怜的斯杰潘呆呆地站在那儿：“天哪！这是为什么？”

“蠢材，你还问呐？”财主呵斥道，“趁早收起你那傻笑吧！你怎么把熊皮都毁了呢？真是胡来！”

世间有种人，大祸临头时，对救助的人万分感激；一旦灾祸过去了，便对自己的恩人吹毛求疵（cī）。

驴子和夜莺

驴子碰到夜莺，便对它说：“见到你非常高兴！大家总说你的歌唱叫人心旷神怡，请你唱一曲给我听听吧！我想知道大家说的是否实在，你的歌喉是否像人们所形容的那样了不起。”

夜莺点点头，施展出它的全副本领：按着曲调，一会儿低声呢喃；一会儿扬声长啸；一个顿挫，又变成了颤声百啭；接着转为柔和的调子，然后是欢乐的鼓噪洋溢整个森林。

当夜莺百啭千啼的时候，微风安息了，百鸟寂然无声了，连懒洋洋的羊群也在侧耳细听哩！牧羊人大喜若狂，入迷地停在那儿，静静地谛（dì）听，偶尔爱怜地瞅瞅美丽的牧女。

夜莺的歌声停止了，驴子庄严地点点头，做出了它的评判。“确实不坏，”它说道，“我的小伙子，这的确是很可以欣赏的音乐。然而听到公鸡啼叫的时候，我们的心灵是多么的温暖啊！如果你向公鸡请教，学它一手两手的，你的本领就了不得了。”

夜莺听到这样的批评，倏（shū）地飞走了，一直飞上九天云霄。

世间最可怕的，就是这种自以为是的盲目批评！

狼和杜鹃

狼生性残暴，到处捕杀小动物，并时不时地与周围邻居发生争斗，搞得邻居们都怨声载道，不愿和狼做朋友。狼感觉到既孤独又委屈。

一天，狼对一只杜鹃说："再见了，我亲爱的邻居！我已经无法在这里安居乐业，在这里我一天都住不下去了！你瞧瞧这里的人和狗，一个比一个难伺候，都是些坏脾气、坏心眼的家伙。即使你像天使那样善良，它们也会跟你吵架，与你为敌，我实在是忍受不了了。"

"那么，亲爱的狼先生，请你告诉我你要到什么地方才能找到你所想象的诚实的人们？在哪儿你才会和那里的人们和睦相处呢？"杜鹃认真地问道。

"哦，我正要告诉你，我要跑到森林的深处，那里没有别的外来动物能找到，那才是真正的世外桃源。亲爱的朋友，那儿可真是个好地方。据说那里没有人知道什么是战争——你讲战争根本就没有人听得懂，更没有人要和你发动什么战争，大家都像天使一般温和善良。那里的河流中流淌的全都是牛奶，像水一样哗哗地流，你想怎么喝就怎么喝，没有人来限制你。我还听说那儿的狗不会咬人，而且无论白天黑夜都不叫，你想一想要是那样的话，以后我吃小羊的时候就再也不用担心害怕，想什么时候吃就什么时候吃，想吃多少就吃多少，再也用不着饿肚子了。我将在那个世外桃源里建立美好的家园，享受人间生活，我一定会过得十分富足、和睦、安闲！哪会像现在这样时刻都要留神，一不小心就有可能和别人发生战争；还经常没有肉吃，穷酸得要死；甚至连睡个觉都睡不好，因为你还在担心别人有没有在你睡着的时候说你的坏话。"

杜鹃听完狼讲的话，说道："亲爱的狼先生，你说的可真是一个世外桃源，你真的要去那个地方吗？祝你一路顺风。顺便问一句，你的凶恶的习性和残忍的手段到那里是悔改呢，还是一如既往呢？"

"废话，鬼才会改掉呢，要是改掉这种习性，我就不需要离开这儿了，在这里我也能生活得很好。"狼连想都没想直接就说道。

"那么，请你不要介意，我实言相告，你到那里不久就会被那里的人们剥掉你的大灰皮的，我劝你还是不要去了。"杜鹃真诚地劝告狼说。

狼哈哈大笑，大声说："你不要骗我啦，在那样的世外桃源里，能有人来剥我的皮？谁相信你的鬼话，你肯定是在嫉妒我。"

说完，狼就跑了。

不久，狼刚刚到它所说的那个世外桃源，就被牧羊犬给咬死了。

马和骑师

一个骑师让他的马儿接受了彻底的训练，因此，他可以随心所欲地使唤它。只要把马鞭子一扬，那马儿就乖乖地听他支配，而且骑师说的话，马儿句句明白。

"给这样的马加上缰绳是多余的，"他认为用言语就可以把马驾驭（yù）住了。有一天他骑马出去时，就把缰绳解掉了。

马儿在原野上跑，开始跑得还不算太快，仰着头抖动着马鬃（zōng），雄赳赳地奔跑，仿佛要叫他的主人高兴。但当它知道什么约束也没有的时候，英勇的骏马就越发胆大了。它的眼睛里冒着火，脑袋里充着血，再也不听主人的叱责，愈来愈快地飞驰过辽阔的原野。

不幸的骑师，已经毫无办法控制他的马了，他想用笨拙而颤抖的手把缰绳重新套上马头，但已经无法办到。完全无拘无束的马儿撒开四蹄，一路狂奔着，竟把骑师摔下马来。而它还是疯狂地往前冲，像一阵风似的，什么也不看，什么方向也不辨，一股劲儿冲下深谷，摔了个粉身碎骨。

“我的可怜的马呀，”骑师好不伤心，悲痛地大叫道，“是我一手造就了你的灾难，如果我不冒冒失失地解掉缰绳，你就不会不听我的话，就不会把我摔下来，你也就决不会落得这样凄惨的下场。”

鹰和鼹鼠

鹰王和鹰后从遥远的地方飞到远离人类的森林里。它们打算在密林深处定居下来，于是就挑选了一棵又高又大、枝繁叶茂的橡树，在最高的一根树枝上开始筑巢，准备夏天在这儿孵养后代。

鼹（yǎn）鼠听到这些消息后，大着胆子向鹰王提出警告：“这棵橡树可不是安全的住所，它的根几乎烂光了，随时都有倒掉的危险。你们最好不要在这儿筑巢。”

嘿，这真是咄（duō）咄怪事！老鹰还需要鼹鼠来提醒？你们这些躲在洞里的家伙，难道能否认老鹰的眼睛是锐利的吗？鼹鼠是什么东西，竟然胆敢跑出来干涉鸟大王的事情？鹰王根本瞧不起鼹鼠的劝告，立刻动手筑巢，并且当天就把全家搬了进去。不久，鹰后孵出了一窝可爱的小家伙。

一天早晨，正当太阳升起来的时候，外出打猎的鹰王带着丰盛的早餐（cān）飞回家来，然而，那棵橡树已经倒掉了，它的鹰后和它的子女都已经摔死了。

看见眼前的情景，鹰王悲痛不已，它放声大哭道："我多么不幸啊！我把最好的忠告当成了耳边风，所以，命运就给予我这样严厉的惩罚。我从来不曾料到，一只鼹鼠的警告竟会这样准确，真是怪事！真是怪事！"

"轻视从下面来的忠告是愚蠢的。"谦恭的鼹鼠答道，"你想一想，我就在地底下打洞，和树根十分接近，树根是好是坏，有谁会比我知道得更清楚呢？"

执政的象

森林中的动物选举大象当他们的父母官。一般说来，象都是比较聪明的，然而也有例外。这位父母官身材跟它的亲族一样高大，但头脑糊涂却和亲族不同。他非常仁慈，连一只苍蝇也不忍伤害。

有一次，这位菩萨心肠的父母官收到羊送来的一份诉状：恳求它禁止狼剥羊皮。

"混账东西！"大象对狼喝道，"你们这是搞的什么名堂？完全是丑恶的勾当！谁批准你们抢劫的？”

“并非抢劫，大人，”狼辩解道，“这实在是一种制度。冬天来了，我们总得有过冬的袍子，这样就得让我们从羊身上稍为抽点儿捐税。如果它们吵吵嚷嚷，那是它们不讲道理。我们一点儿也不过分，我们不过跟每一位好姐妹要张皮，可是，它们却不肯爽爽快快地拿出来，这怎么能怪我们呢？”

“原来是这么回事啊！”父母官说道，“哦，既然法律许可，就剥张皮吧！除此以外，可不能动它们一根毫毛！不公平我可不答应！”

狐狸和土拨鼠

“你那么急急忙忙、慌慌张张的，上哪儿去呀？”土拨鼠问路过的狐狸。

“我的亲爱的真正的朋友啊，”狐狸气急败坏地说，“我被诽谤、被侮辱、被赶出来啦！它们竟说我贪污！你知道，它们让我当鸡的法官，为了这个工作，我牺牲了健康，伤尽了脑筋，连吃口饭也没有功夫，夜夜睡得很迟。结果呢，有人却说，‘滚你的吧，你活该如此！’多么残酷啊！你也会明白的，如果一旦按照谎话办事儿，那就没有一个人的名誉是清白的了。我贪污？嗄（á），难道我已经失掉了一切理智吗？我请你评判这桩公案：找什么证据都行。难道我会做出这种事情来吗？只要仔细想想就明白啦！”

“当然是谎话，”土拨鼠说道，“不过有好几次，我确确实实看到了你满嘴巴的鸡毛。”

“偷吃”的人不论伪装得多么巧妙，但终究免不了会让人看见“满嘴巴鸡毛的！”

猴小姐和它的眼镜

随着年龄的增大，猴小姐视力逐渐衰退了。它的人类朋友告诉它：“这个困难很好解决，只要配一副眼镜就成了。”于是，它就到城里去买了好几副眼镜。

有了眼镜，猴小姐却不知道怎么戴。它把眼镜这样、那样地摆弄着：一会儿顶在头上，一会儿套在尾巴上，一会儿放在嘴边舔（tiǎn）舔，一会儿又放在鼻子下面闻闻，可是无论怎样摆弄，眼镜总是不管用。

“该死！”它嚷道，“我可上当了！下一回看人们还有什么可胡扯的！关于眼镜的种种说法，完全是撒谎！我觉得眼镜根本没有用处。”

猴小姐又急又气，抓起眼镜向墙上摔去。“乒”，碎玻璃片儿四处飞溅。

拥有宝贝的人如果不知道它的价值，就会把宝贝当废物扔掉。

隐士和熊

有一个隐士，住在远离城市的荒僻的森林里。虽然隐士的生活在故事里被描摹得天花乱坠，但适宜于离群索居的可绝不是寻常的人。无论是处在安乐或是忧患之中，人类的同情总是甜蜜的。

穿过美丽的草原和茂盛的树林，越过山风和溪流，躺在软绵绵的青草上——的确赏心悦目！然而，如果没有人共同享受这些快乐，也还是十分寂寞无聊的。我们的隐士，不久也承认离群索居并不愉快。他到森林中的草地上去散步，到熟悉的邻居家去走动，想找个人谈谈话儿。然而，除了有一只狼或熊以外，谁还到那种地方去呢？他看见几尺以外有一只健壮的大熊，便脱下帽子，向熊恭恭敬敬地鞠了一躬。熊也伸出毛糊糊的爪子来回礼，他们就开始谈起来，谈到了天气如何如何。他们不久就成了好朋友，谁都觉得不能分离，所以整天呆在一起。两个朋友怎样谈话，他们谈些什么，说些什么笑话，玩些什么把戏，以及怎样的互相取乐助兴，总而言之，我直到现在还不知道。因为隐士守口如瓶。熊天性不爱说话，所以局外人一点儿也不知道。不管怎么说，隐士找到这样一个宝贝做他的伴儿，心里十分高兴。他整天和熊形影不离，没有了它，心里就不痛快。他对熊的称赞，说也说不完。

有一次，在一个明朗的夏天，他们要翻山越岭地去远足。可是，因为人的力气总比不上熊，我们的隐士在炎热的正午跑累了，熊回头看到它的朋友远远地落（là）在了后面，心里充满了关切。它停下脚步来喊道："躺下来歇一歇吧，老朋友，如果你想睡，何不打个瞌睡呢！我坐下来给你看守，以防有什么意外。"隐士感到有睡觉的必要，就躺下来，深深地打了个哈欠，很快就睡熟了。熊忠实地守候在朋友身边。

一只苍蝇落在隐士的鼻子上，熊连忙来驱赶。苍蝇又飞到隐士的脸颊上。“滚开，坏东西！”真荒唐！苍蝇又落到朋友的鼻子上去了，而且越发坚持要留在那里。你瞧熊，它一声不响，搬起一块笨重的石头，屏（bǐng）住气蹲在那儿。

“别吭气儿，别吭气儿！”它心里想道，“你这淘气的畜生，我这回可要收拾你！”它等着苍蝇歇在隐士的额角上时，就使劲儿把石头向隐士的脑袋砸过去，这一下砸得好准，把脑袋砸成了两半，熊的朋友就永远长眠不醒了。

紧急的时候得到帮助是宝贵的，然而并不是人人都会给予恰当的帮助；但愿老天爷让我们别交上愚蠢的朋友，因为过分殷勤的蠢材比任何敌人还要危险。

猴子

谁都知道猴子善于模仿。有一天，一大群猴子坐在叶子浓密的树枝上，偷偷地瞅（chǒu）着地上的猎人。猎人在草丛里不断地打滚，猴子们暗暗地你推我我推你，窃窃私语：

“这个人的玩法儿可真不少，简直没完没了！你瞧他呀，一会儿鹞（yào）子翻身，一会儿又滚又爬，一会儿跌跌撞撞，一会儿又缩成一团……我们学东西够灵巧的，这挺好的新鲜玩意儿，干吗不试一试？来吧，亲爱的姐妹们，我们来模仿一下。猎人大概玩得过瘾了，恐怕要走了。他一走，我们就开始模仿。”

过一会儿，猎人果然走了，他留下了罗网。

“嗨，快来吧！”猴子们嚷道，“别错过机会了，看谁模仿得最像！”

美丽的猴子姑娘们从树上跳下来，一个筋斗翻进猎人的罗网，又跳又闹，相拥相抱，叽叽喳喳，嘻嘻哈哈，玩得真开心！

当猴子们玩累了想到要出去时，这场欢喜也就到头了。猎人拿着袋子走出来，把它们一个一个装进袋子里。猴子们想找到逃走的办法，可是被罗网裹得紧紧的，谁也没办法逃走。结果，全部被逮进了袋子，一个也没有漏网。

模仿别人，必须头脑清醒；没头没脑的模仿，定会铸成大错！

天鹅、梭子鱼和虾

一天，梭子鱼、虾和天鹅，要去把一辆小车从大路上拖下来。三个家伙一齐用足劲，身上青筋根根暴露，但无论怎样地拖呀、拉呀、推呀，小车还是在老地方，一码也没有移动。倒不是小车重得动不了，而是另有缘故：天鹅使劲儿往上向天空直提，虾一步步向后倒拖，梭子鱼又朝着池塘拉去。究竟哪个对、哪个错，我不知道，我也不想寻根究底；我只知道，小车还是停在老地方。

合伙的人步调不一致，事业必然搞糟。

杰米扬的汤

杰米扬准备了一大锅汤，请朋友福卡前来品尝。

“请啊，老朋友，请吃啊！这个菜是特别为你预备的。”杰米汤热情地说。

“不，亲爱的朋友，吃不下了！我已经吃得塞到喉咙眼了。”朋友回答。

“没关系，才一小盆，总吃得下去的。味道的确好，喝这样的鱼汤也是口福呀！”

“我已经吃过三盆哩！”

“嗨，何必计数呢？哦，你的胃口太差劲！凭良心说，这汤真香、真稠，在盆子里凝结起来，简直跟琥珀一样。请啊，老朋友，替我吃完它！吃了有好处的！喏喏，这是鲈鱼，这是肚片，这是鲟鱼。只吃半盆，吃吧！”杰米扬喊自己的妻子，“娘子，你来敬客，客人会领你的情的。”

杰米扬就这样热情地款待福卡，不让他休息，不让他停止，一股劲儿劝他吃。福卡的脸上大汁淋漓，勉强又吃了一盆，并装作吃得津津有味的样子，还把盆子里的汤喝了个干干净净。

“这样的朋友我才喜欢，那班吃东西挑剔（tì）的大人先生们，我就觉得可气。”杰米扬嚷道。“吃得痛快！好，再来一盆吧！”

然而，好个奇怪，老福卡虽然喜欢喝汤，却马上站起身来，赶紧拿起帽子、腰带和手杖，用足全力跑回家去了，从此再也不登杰米扬的家门。

再好的东西，如果不加节制地强加于人，就会和杰米扬的汤一样令人讨厌。

驴子

上帝创造众生时，让各种族类的野兽投生，驴子也就产生了。可是不知道是故意的呢还是因为太忙，上帝没有注意驴子。所以，驴子生得只有白鼬（yòu）那么小，难以引起人们的注意。然而，在动物之中，再没有比驴子更高傲的了。驴子渴望引起大家的重视，可是看看自己那么小的身个儿，它简直觉得连出门也丢脸。所以自高自大的驴子就不断地用祷告和上帝纠缠，要求上帝让它长得高大一些。

“仁慈的上帝啊，请替我想想吧！”它说，“这简直让人无法容忍，豺、狮、象，都生得那样魁梧，以致大小野兽都总是在谈论它们。可为什么对待驴子这样冷酷呢？身体矮小，默默无闻，谁都不屑提它一声。如果你让我像牛犊（dú）一般高大，我就可以使狮子不再骄傲，使豹子不再狂妄，而全世界就要为我议论纷纷了。”

驴子天天老调重弹，变得十分惹人讨厌。上帝想：“咳，就让它得到它想得到的东西吧，我要使它头脑简单、像个傻瓜。”

上帝用手一挥，驴子果然变成了牲口中的庞（páng）然大物，而且生就一副怪声怪气的嗓子。它只要大叫一声，人人浑身都会起鸡皮疙瘩。

驴子的目的达到了，不久它就成了大家的话柄。结果呢，真糟糕，不到一年，人人都把它的本性看透了。它以绝对的愚蠢闻名，人们都把重物压在它的背上。

身材高大，就跟地位高贵一样，显然是好事儿。倘若灵魂是卑劣的。那就不见得有什么好处。

忙碌的猴子

天刚亮的时候，一个农夫用他那古老的犁，犁着一块田地。他干得非常卖力，额角上的汗水不停地往外冒。

朋友们碰巧从这儿走过，伸出大拇指向他吆喝道：“伙计，干得真棒，头等的活儿！”

能够听到同伴的称赞，心里真叫痛快。猴子十分眼红，心想：“我何不也来忙碌一阵子？”

于是，它找到一根木头，辛辛苦苦地忙碌起来。它先把木头举起来，然后这样、那样地托住木头，接着又把木头拖东拖西、滚来滚去，弄得大汗淋漓像个喷

水泉似的。它累得气喘吁吁，却不肯休息，一心要把工作做得高人一等。然而它并没有听到只言片语的称赞。

如果你的劳动对谁也没有什么利益和好处的话，那么你无论怎样忙忙碌碌都是白搭的。

袋子

一只空袋子躺在走廊里的地板上，一半儿被大门遮掩着。人们从旁边走过的时候，常常拿它擦擦靴子。

然而有朝一日，它突然被金币装得满满的，于是马上身价倍增，成了主人宠爱的宝贝，被郑重地藏进了保险柜里，连苍蝇也不敢去碰一碰。

主人经常把它拿出来摆阔，弄得全城的人都知道有这样一只袋子。有朋友来了，主人就谈论他的袋子，好像这个袋子就是他的性命。袋子也时常被打开，人人都伸长脖子向袋子里边瞧，而且总是温和地用手抚摸它一下，或者热情地用手指弹它一下。

袋子看到大家对它这样的推重，就神气活现、自作聪明和骄傲自大起来。袋子开始乱说荒谬绝伦的废话，乱下严酷万分的评论："那可不行！""他是蠢材。"以及"你等着瞧吧，一定会糟糕！"等等。虽然它说的都是蠢话，大家却张大了嘴巴听它整天胡说八道。不幸的是，人类都有这个毛病：不论钱袋说什么话，即使是十分愚蠢的，也都会引起大家喝彩叫好。

然而这袋子会不会永远受人称赞、永远被人认为是聪明的呢？

人家会不会永远捧它呢？当那些亮晶晶的金币一个不剩的时候，袋子就被人扔掉了，立刻就被人遗忘了。

山雀

山雀飞到海边上，它夸下海口，要把大海烧枯！

全世界都为山雀这奇怪的举动不安地议论纷纷。海神的京城里挤满了吃惊的居民；鸟儿成群结队地往海边飞；森林里的野兽也川流不息地跑过来，大家都想看海水怎样燃烧、热量又有多大。在那些听到这轰动的消息的人们中间，有一个经常应酬赴宴的家伙，手里还拿着一把银汤匙，跟着第一批人来到海边。他要享受其味无穷的鱼汤。这样的筵席，连最有钱的百万富翁，也没有请他的伙计们吃过。

大家挤到一块，张大嘴巴眺（tiào）望这场奇观，他们默默地凝视着海洋，这儿、那儿都有人说话：

“你瞧！你瞧！快看见海沸腾了！快看见海着火了！”

“不对头！海在燃烧吗？不，没有燃烧。”

“海发烫了吗？不！甚至不烫不热呀！”

山雀吹牛夸口，结果如何呢？我们的英雄羞惭地逃回了它的巢。山雀闹得满城风雨，却不曾把海烧着。

倒不是要唐突什么人，我再想多说一句：事情还没有做成就吹牛夸口，的确糟糕透顶。

⑪重奏

淘气的小猴子、毛儿纠缠不清的山羊、愚蠢的驴子和笨手笨脚的熊，准备来一场伟大的四重奏。它们搞到了乐谱、中提琴、小提琴和两只大提琴，就坐在一棵菩提树下的草地上，想让它们的演奏艺术风靡全世界。它们咿咿呀呀地拉着琴，乱糟糟地一阵吵闹，天哪，不晓得是什么名堂！

"停奏吧，兄弟们，等一下，"小猴子说道，"像这样是奏不好的，你们连位子也没有坐对！大熊，你奏的是大提琴，该坐在中提琴的对面。第一把提琴呢，该坐在第二把提琴的对面。这样一来，你瞧着吧，我们就能奏出截然不同的音乐，叫山岭和树林都喜欢得跳起舞来。"

它们调动了位置，重新演奏起来，然而怎么也演奏不好。

"嗨，停一停，"驴子说道，"我可找到窍门了！我相信坐成一排就好了。"

它们按照驴子的办法，坐成一排。可是管用吗？不管用。不但不管用，而且杂乱得一塌糊涂。于是它们对怎样坐法以及为什么这样坐法，争吵得更加厉害了。

吵闹的声音，招来了一只夜莺。大家就向它请教演奏的窍门。

"请你耐心教导我们，"它们说，"我们正在搞一个四重奏，一点儿名堂也搞不出来。我们有乐谱、有乐器，只要你告诉我们怎样坐法就行了！"

"要把四重奏搞得得心应手，你们必须懂得演奏的技巧，"夜莺答道，"光知道怎样坐法是不够的。再说呢，我的朋友们，你们的听觉也太不高明了。换个坐法也罢，换个提琴也罢，说到底你们是不配搞室内音乐的。"

野菊花

在一片草原上有一朵盛开的野菊花，花朵饱满又鲜艳，只可惜不知什么原因在夜里忽然间就要凋谢了，缩成了一团。菊花非常伤心，心想：自己的命怎么这么苦，来到人世间还没有多长时间，展示给人们看的机会还没有几次，就这样离开人间了，真是短命呀！

这时候一阵西风吹来，野菊花向西风低声说："但愿白天赶快来临吧！那时太阳升起来，普照整个大地，给每个生命以源泉。说不准我吸收了阳光，强壮身体以后，还能再活一段时间，那该多好哇！"

正说话间，一只在旁边挖洞的甲虫说道："亲爱的野菊妹妹，你可真是头脑简单。你就不想一想，太阳公公是多么尊贵的身份呀，它有多少大事情要去做，还能有时间来照顾你的生活？太不可思议了，你死了也好、盛开也罢，它根本不会把你放在心上的。如果你能像我这样，自由自在，想什么时间飞到外边玩就飞出去，见见世面、交交朋友，该有多好呀！你与牡丹不一样，她那么美丽、珍贵，连时光爷爷都不忍心让她凋落，太阳公公当然不敢不照顾她了。可是你呢？你瞧一瞧，你既不香又不美，拿什么来吸引别人呢？太阳公公凭什么来照顾你呢？你就别有什么幻想了，太阳公公绝不会对你有任何关注的！太阳公公也不会再给你一点光辉了，别再做那些无谓的祈求了，安心静静地等待着死亡的降临吧！"

然而说话间，太阳已经升起来了，阳光普照着整个自然界，当然野菊花也包括在内。夜里将要凋落的野菊花又复苏了，漂亮极了。相反，甲虫呢，受不了阳光的照射，只好偷偷地躲到别的阴暗的地方去了。

两个桶

路上滚着两个桶，一个装满了酒，另一个里面空空的。

酒桶不声不响，慢慢滚动。

空桶滚得飞快，跳跳蹦蹦，一路上丁丁当当、咕咕咚咚，搞得尘土四起、行人受惊；人们不得不赶快躲避，因为老远就听到了它的轰鸣声。

但是不管这个空桶响声多大，它的价值总不如那个酒桶。

有的人对自己干的事情总爱吹嘘，其实他并没有什么了不起。真有建树的人，往往不喜欢言辞。伟大的人只在事业上惊天动地，平时却专心致志、沉默不语。

池塘与河流

池塘过着安逸的生活，大河在它身边日夜奔流。

池塘就对它身边的河流说："不论什么时候看到你，你总是在不停地流淌，好姐姐，难道你不觉得累吗？

"而且，我几乎天天都看见，你载负着沉重的轮船，还有那些连成串的木排，更不用说独木舟与舢板了。它们在你身上来来往往，数也数不完。什么时候你才会厌倦这样的生活啊？

"瞧，和你相比，我的命运就好得多了！当然，我并不显赫，地图上几乎没有我的身影，也没有诗人写诗来赞美我。可名声再大也是空的呀！

“我的岸边有细软的淤泥，我就像躺在羽绒铺就的床上的公主，温馨安逸、怡然自得。我从来不受那些轮船、木筏的惊扰，甚至没有舢板在我这里停泊，我的生活更多的时候是微风徐徐，水面上飘洒落叶。哪里去找我这么安逸的生活？风从四面八方吹来，我安详地观察忙碌喧嚣的人们，欣赏这充满哲理的世界。”

河流回答道：“既然说到哲理，你知不知道，水只有流动才能保持鲜活！正因为我抛弃了安逸，才成了浩浩荡荡的大河；因此，我年年岁岁都水量丰沛、水质清洁，给人们带来了许多好处，我赢得了荣誉，人们赞美我。而且我还会流淌几个世纪，而你，用不了多久，就会被遗忘。”这些话如今已经应验：大河至今仍在流淌，可怜的池塘逐年淤积，长满了水藻和水草，到最后就完全干涸了。

小树林与火

寒冬时候，在小树林的旁边有一堆火在微微地燃烧着。显然，是在这里宿营的人离开的时候把它给忘掉了。

一小时一小时地过去了，火变得越来越小，火光也越来越微弱，如果不再添加新的柴火，这堆火就要灭掉、离开尘世。

看到自己的末日就要来临，火便对小树林说道：“喂！亲爱的小树林，你的命运为什么这样地悲惨？看你，身上一片叶子都没有，光秃秃的，岂不要冻僵？”

“这是因为我完全在雪地里生长，冬天时，我既不能生枝长叶，也不能够开花。”小树林平静地说道。

火继续说：“这是小事一桩！你只要和我交朋友，我就来帮你的忙。我是太阳的兄弟，在冬季，我能像太阳一样创造出奇迹。不信的话，你可以去人类居住的房屋里问一下火的功绩：冬天，风雪在怒吼，可房屋里却鲜花怒放、果实成熟，这一切都要感激我。我从来不夸耀自己，也不喜欢吹牛。但是我的威力一点儿也不比太阳的小。不管它在这里有多么的高傲和不可触摸——看看，对野外的风雪它一点儿办法也没有，不能改变这里的一切。可要是在我的周围，冰雪早已融化了。如果你想在冬天里像春季那样枝繁叶茂，那就快给我一些你的弟兄！”

它们俩就这样商量好了，小树林里，微弱的火逐渐变成了大火，还在不断地壮大。火丝毫没有停歇，小树林的所有亲友们全都烧着了。浓烟滚滚、直冲云霄，从它们谈妥到现在，仅一会儿工夫，整个树林全被火笼罩起来了。

一切都烧光了。记得以前夏天的时候，人人乘凉的地方，现在只留下了一些烧焦了的树桩。

其实谁都没有做错什么，只因为树林与火交上了朋友！

饥饿的狐狸

一只小狐狸对一只老狐狸抱怨说，“真是生不逢时啊！我想得好好的计谋，不知为什么，几乎总是不成功。”

老狐狸问：“你告诉我，你是在什么时候制订你的计谋的？”

小狐狸说："啥时候？都是肚子饿了的时候呗。"

老狐狸笑了："对啦，问题就在这里！饥饿和周密考虑从来走不到一块。你以后制订计谋，一定要趁肚子饱饱的时候，这样就会有好的结果了。"

乌鸦和狐狸

园丁邻居家的猫经常偷他的东西吃，他非常恼火，便把一块涂了毒药的肉丢在地上，想把这只可恶的猫毒死。

刚巧乌鸦从这里飞过，它的肚子正饿得咕咕叫呢，看见这块肉，立即用爪子抓起来飞走了。

正当它停在一棵树上准备吃这块肉时，狐狸跑过来向它喊道："请接受我的祝福，爱神的鸟！"

"你把我看做谁了？"乌鸦问道。

"我把你看做谁？"狐狸反问道，"难道你不是那只强壮的鹰吗？我知道，你是奉宙斯之命天天到这棵树上，来为我这可怜的动物馈赠食物的。可是，你为什么要乔装成这副样子？在你那无往不胜的爪子下，不是上帝通过你赐予我的赠品吗？"

听了狐狸的话，乌鸦不胜惊讶，却又暗暗高兴："我被狐狸看成一只鹰了。既然如此，就让我当一回鹰吧！"她又故作大方地把它的赃物抛给狐狸，然后骄傲地飞走了。

狐狸得意地笑着，叼起肉，带着一种邪恶的快感咀嚼起来。可不久这种快感便变成了一种剧烈的痛苦：毒药发作了，它四条腿一伸，就僵直地躺在了那里。

该死的谄（chǎn）媚者啊，愿你们除了毒药什么也别赞美。

狮子和兔子

一头雄壮的狮子把一只滑稽的兔子抬举为自己的好朋友。

一天，兔子问狮子："听说，一只可怜的公鸡喔喔一叫，就会把你们狮子吓跑，这难道是真的吗？"

狮子老老实实地回答："真的，曾经发生过这样的事。我还要告诉你，像我们这样的大动物身上，通常总有某种小缺点。例如大象吧，听了猪咕噜咕噜的叫声，就害怕得要命。"

"真的？"兔子若有所思地说，"难怪我们兔子为什么那样怕狗呢，这下我算明白了。"

核桃和猫

女主人端出一盘水果来招待客人。

客人对女主人说："好客的主人，这种水果我确实吃不惯。坦白地说，要我讲什么果实好的话，我最喜欢吃的是核桃。核桃的味道真是好极了，就算最好吃的苹果，也不如它好吃。"

女主人的宠物小猫，当时正坐在女主人的怀里。它支着耳朵，将客人的话听得一清二楚。

“什么？核桃味道竟有如此美妙？让我马上亲口尝尝。”它立即从女主人怀里跳下来，跑进花园里。

花园里长着许多核桃树，小猫飞快地爬到一棵树上，找到一枚青皮核桃，张嘴就咬。但是，它刚咬了一口，就又呕又吐。原来这青皮核桃又苦又涩。

它一边用爪子使劲抹着嘴巴，一边说：“那人称赞你，就让他来吃吧。呸，这家伙不知长着条什么舌头，竟然喜欢吃如此苦涩（sè）的东西！”

这愚蠢的畜生哪里知道，人家称赞的是核桃的果核，而不是皮。

熊和象

“那些不通情理的人哟！”熊对大象说，“哪样事情他们不曾逼着我们这些高贵的动物干过？我，庄重的熊，竟不得不和着音乐跳舞！而且他们明明知道，这种玩意儿和我高贵的身份极不相称！要不，他们干吗一见我跳舞就发笑呢？”

“我也和着音乐跳舞，”见多识广的大象回答说，“而且我相信，我也像你一样庄重、一样高贵，可是他们却从来不笑我，而只在脸上流露出欣喜和赞赏的神情。相信我吧，熊老弟，人们不是笑你跳舞，而是笑你跳起来那么笨拙（zhuō）。”

燕子

蚂蚁排着长长的队伍忙忙碌碌地搬运食物。

一只乳燕飞过来问："你们在这里做什么？"

"贮藏食物准备过冬啊！"蚂蚁回答。

"你们真聪明，"乳燕敬佩地说，"我也要这样做。"

她立即动手把一些死蜘蛛、死苍蝇往自己的巢里衔。

母亲忍不住问："你弄这些东西做什么？"

乳燕回答说："准备过冬呀！亲爱的妈妈，你也来搜集吧！是蚂蚁把这种方法教给我的。"

"噢，把这种小聪明让给那些蚂蚁吧，"老燕子说，"适合于它们做的并不适合于优秀的燕子。仁慈的大自然给我们做了更好的安排。如果食物丰盛的夏天结束了，我们就从这里飞走。在旅行中我们慢慢地休养生息，随后迎接我们的是温暖的沼泽，在那里我们一点也不缺乏必需的食物，直到一个新的春天到来。"

瞎眼的母鸡

一只习惯刨土觅食的母鸡失明了，但它仍然辛勤地刨土，并不因失明而停止。可这对一个勤勉的愚者又有什么用处呢？

另外一只没有失明的母鸡非常爱惜自己柔嫩的脚趾，它一刻也不离开盲鸡的身旁，不用刨就享受到刨出来的食物。每当瞎眼母鸡刨出一粒粮食时，那只看得见的母鸡便马上吞了下去。

驴

驴到宙斯那里诉苦说，人类对待它们太残酷了。它们说："我们强壮的脊背承受着他们的货物，而这种重担是他们自己和任何一种稍微孱弱的动物都承受不了的。即使这样，他们还用无情的鞭打来催促我们加快速度；但由于负荷沉重要达到很快的速度是不可能的，就是他们也无法使我们违反天性呵。宙斯，人类不容许其他生物为非作歹，请您也禁止他们这样不讲情理吧。我们愿意为他们服役，因为您是为此才把我们创造出来的；但平白无故地挨打，我们可不愿意。”

“我的生物，”宙斯对它们的代言人回答说，“这个请求不是没有道理的，可是我无法向人类证实你们天生的缓慢不是一种懒惰。只要他们认为你们偷懒，你们就得挨打——可是我仍想减轻你们的厄运——从现在起，你们的感觉将变得麻木不仁；你们的皮肤将更禁得起鞭打，并使鞭打者的胳膊疲劳。”

“宙斯，”驴一齐喊叫起来，“您在任何时候都这样聪慧、这样仁慈！”接着它们满意地离开了。

丘比特和阿波罗

丘比特和阿波罗争论，他们中间谁是最好的射手。

“让我们较量较量吧！”阿波罗说。他拉紧了弓，把箭射中了涂有标志的靶心。

丘比特看到不可能胜过他，就说道：“我看到你射得确实很好。我要加把劲，射得比你还要好。但我要在下一次才显露身手。”

吝啬鬼

“我是个不幸的人！”一个吝啬鬼对他的邻居诉苦说，“我埋在庭院中的财宝夜里被人偷走了，原来的地方放上了一块该诅咒的石头。”

邻居回答他说：“反正你也不用这些财宝，你就把这块石头当作是你的财宝好了；你一个大钱也不会少的。”

“如果我一个大钱也不会少，那另一个人不是一个大钱也不会多吗？”吝啬鬼说，“可是那个人多了许多钱啊！我要发疯了。”

蟋蟀和夜莺

“我向你保证，”蟋蟀对夜莺说，“我的歌声完全不缺少欣赏者。”

“说说他们是谁吧。”夜莺回答。

“那些勤劳的割麦人听我唱歌就津津有味，”蟋蟀道，“而且，他们是人类中最有用的人，这你大概不想否认吧？”

“这点我确实不否认，”夜莺说，“可正因为如此，你不能由于得到他们的喝彩而感到骄傲。一心一意劳动的诚实的人，绝不会有那样的闲情逸致。你还是先别为你的歌声自我陶醉，除非本身笛子就吹得很好的、无忧无虑的牧羊人也怀着欣喜，倾听你的歌唱。”

夜莺和秃鹫

一只秃鹫猛扑向一只正在唱歌的夜莺，说：“你的歌声这么甜美，你的肉吃起来一定更美吧！”

秃鹫的话是恶毒的挖苦呢，还是头脑简单？我不知道。

但昨天我听人说：“这位夫人的诗写得无与伦比，她绝不可能是个俏丽迷人的女性！”说这话的人肯定头脑简单！

夜莺和孔雀

一只爱交际的夜莺在森林的歌手中招来了一大堆嫉妒者，却找不到任何一个朋友。也许在其他鸟类中我会找到朋友的，夜莺想，于是它飞下去对孔雀表示友好。

“美丽的孔雀啊，我赞赏你！”

"我也赞赏你，可爱的夜莺！"

"那就让咱俩做朋友吧，"夜莺继续说，"我和你不会相互嫉妒：你悦人眼目，我饱人耳福。"夜莺和孔雀果真成了朋友。

土拨鼠和蚂蚁

"可怜的蚂蚁，"土拨鼠说，"你们整个夏天拼命干活儿，才搜集到这么一丁点儿东西，值得吗？真该让你们去瞧瞧我的收藏！"

"听着，"一只蚂蚁回答，"如果你藏的食物比你需要的还多，那就活该让人们来掏你的窝，搬走你仓库里所有的东西，并叫你为了你那强盗般的贪婪送掉性命！"

鹅

一只鹅的羽毛洁白得令新雪感到羞愧。它为大自然赋予它的这种得天独厚的恩赐骄矜异常，宁愿把自己看做是一只天鹅，而不相信自己原来的出身。它离开自己的同类，孤独而庄重地在池塘里游来游去。一会儿它伸长它的脖子，用尽力气去补救这不争气的短处；一会儿它又设法使自己的脖子弯成一个漂亮的曲度，天鹅都具有这种不愧为阿波罗的鸟的高贵的外观。但毫无用处，它的脖子过于僵硬了。它费了九牛二虎之力，也没有变成一只天鹅，依然还是一只可笑的鹅。

荆棘

杨柳问荆棘："请你告诉我，为什么你对过路人的衣服那样贪婪呢？你要它们有什么用？它们对你有什么益处？"

"什么用处也没有。"荆棘说："我也不想夺掉他们的衣服，只是要把它撕破而已。"

生活中有些人的行为的确是很令人费解的。例如有的人喜欢把啄木鸟放进黄莺鸟笼里；有的人喜欢把花猫塞进鸡舍；还有的人索性抓一条毒蛇放进善良人的被窝……

仙女的礼物

两位慈祥的仙女来到一位幼小的王子的摇篮旁，这位王子将来就是他的国家的最高统治者。

一位仙女说："我把鹰的锐利目光送给这个宠儿，他有了这双眼睛，在他辽阔的国土上，连最小的蚊虫也逃脱不掉。"

"这个礼物好极了，"第二位仙女打断她的话说："王子要成为一位卓有见识的国王。鹰不仅有能观察最渺小的蚊虫的那种锐利目光，它还应当有一种不屑于追捕蚊虫的高尚的轻蔑。让王子从我这里得到这份礼物吧。"

"姐姐，我感谢你这个聪明的限定。"第一个仙女说，"这是真的，许多国王要是有敏锐的理智，少屈尊去管一些最琐细的事情，他们本来会成为更伟大的国王的。"

凤凰

许多个世纪过去了，凤凰又欣然回到世界上。

它一露面，鸟兽们立刻将它团团围住。它们瞪着它瞧，它们惊讶不已，它们羡慕至极，还发出没完没了的赞叹。

可是不久，连最善良、最友爱的鸟兽也不忍再瞧它，叹息道："不幸的凤凰哟！残酷的命运使它没有爱人，也没有朋友。它是自己同类中唯一的一个！"

骏马和公牛

勇敢的男孩骑着一匹火红的骏马，骄傲地奔驰而来。

一头粗野的公牛见了，冲着马喊：“真可耻！我才不肯让一个孩子驾驭呐！”

“可我肯。”骏马回答，“再说，把一个孩子摔下来，又会带给我什么荣誉呢？”

宙斯和马

“人类和牲畜的父亲啊，”马走近宙斯的宝座，说，“世人都讲，我是你用来装点世界的最漂亮的生物之一；自爱也让我相信这是真的。可尽管如此，我身上难道不是还有这样、那样值得改进的地方吗？”

“你到底指哪些地方值得改进呢？说吧，我愿意领教。”和善的神微笑着回答。

马继续说：“要是我的腿再长一些、瘦一些，我也许跑得更快；要是我长上长长的天鹅脖子，我也不至于变丑；要是胸脯更宽，我会更有力气；还有，你既然让我命中注定去驮人——你的宠儿，那么，你不妨干脆让我背上长出一个鞍子来，免得仁慈的骑手自己去装。”

“好，”宙斯回答，“耐心等着吧！”说着，宙斯表情严肃地念起了造物的咒语。紧接着，生机涌进尘土，有机物开始结合起来，蓦然间，宝座前出现了一头丑陋的骆驼。

马一见骆驼，又害怕又厌恶，不禁浑身哆嗦起来。

“这儿是更长、更瘦的腿，”宙斯说，“这儿是长长的天鹅脖子，这儿是更宽的胸脯，这儿是天生的鞍子！马，要我把你变成这个样子吗？”

马仍然浑身哆嗦。

“去吧，”宙斯接着说，“这次只教训教训你，不给你惩罚。可是为了使你时时反省你的狂妄，就让这个新的生物也继续活在世上吧。”——宙斯宽容地瞥了骆驼一眼——“让马看见你总是胆战心惊。”

波斯奴隶和哲学家

有一个国王和一个波斯奴隶同坐一船。那奴隶从来没有见过海洋，也没有尝过坐船的苦。他一路哭哭啼啼、战栗不已。大家百般安慰他，他仍继续哭闹。

国王被他扰得不得安宁，大家始终想不出办法来。船上有一位哲学家说道：“您若许我一试，我可以使他安静下来。”

国王说道：“这真是功德无量。”

哲学家立刻叫人把那奴隶抛到海里去，他沉浮了几次，人们才抓住他的头发把他拖到船边。他连忙双手紧紧地抱着船舵，人们才把他拖到船上。他上船以后，坐在一个角落里，不再作声。

国王对此甚为赞许，便开口问道：“你这方法，奥妙何在？”

哲学家说：“原先他不知道灭顶的痛苦，便想不到稳坐船上的可贵。大凡一个人总要经历过忧患才会知道安乐的价值。”

高尚的人

有人问哈丁台："你在世上见过或听说过有人比你更高尚吗？"

他说道："见过！有一天我杀了40只骆驼招待宾客，然后和那班阿拉伯官员到郊外去。我看见一个樵（qiáo）夫正在拾柴。我说道：'你何不到哈丁台家里去吃饭呢？他家里总是宾客满座。'他说：'我们靠自己的劳动糊口，不需要哈丁台的酒肉。'我看这人远比我豪迈而崇高。"

秘密

有一个国王，对他手下的臣仆说了一个秘密，并嘱咐他们对任何人都不能说。这个秘密他们一直保守了一年，可是有一天，这个秘密还是被说了出去，并且立即在大街小巷传开了。

国王对此很愤怒，叫刽子手把他们一律斩首，决不留情面。一个臣仆说："国王啊！你别滥杀我们，秘密泄露出去错不在我们，而全是你的错误。这如同洪水泛滥，你可是洪水的源头，未从你那儿截住它才有今天的白浪滔天。你心中的秘密本来就不应该对人说出来。古人说得好，要保守秘密首先要自己当心。秘密只要不出口永远是秘密，一旦出口那便由不得自己。”

青年和羊

有一个年轻人，他走在前面，后面用绳子牵着一只羊。有人开他玩笑说：“这只羊之所以跟着你跑，全凭你的一条绳索缚了它，而不是你真心喜欢它，也不是它真心跟随你！”

这青年一听这话，立即放开了拴羊的绳扣，丢开羊自管自地向前走去，并且一会儿左，一会儿右的。那羊呢，虽没有绳子拴着，却一步不离地跟着青年忽左忽右地跑，一点也没有离开青年的意思。

开玩笑的人不禁奇怪地问：“年轻人，这是为什么？”

“因为我供给它饲料和水草，并且精心照料它。”年轻人停止表演站在原地说。

这个人沉思起来。

年轻人又说：“聪明的朋友啊！我有一句良言相告：拴住羊的不是那根细绳，而是你对羊的关照和怜爱。”

山猫与狮子

有人问一只山猫：“为什么你要服侍狮子？”

山猫回答说：“我可以吃狮子吃剩下的食物，又可以借着它的威风躲过我的敌人。”

那人又说：“你既然受到它的保护得到它的恩惠，为什么不更加接近它，使它对你更加器重，把你看作一个心腹呢？”

山猫回答说：“我害怕他那喜怒无常的性情。”

酒疯子和信徒

从前，有一个无赖喝醉酒后在发酒疯，伸手一把抓住一个信徒的衣领，把信徒乱打了一顿。那个信徒一句话不说，也不和他理论。

有人对信徒说：“你也算个男子汉吗？受到如此的侮辱为什么一言不发，难道你甘心受辱？”

信徒说：“你不要说了，醉汉发起疯来别说撕碎别人的衣领，就是雄狮在面前他也敢冲上去。可是，如果明白人也同样抓住醉汉的衣领，那他并不是真正的明白人。”

会唱的鸟儿

国王的儿子得了一种病，怎么也医治不好，国王急得不知如何是好。有一个贤人给国王出了个主意，说要使他儿子的病体痊愈，就要将鸟儿放生。

国王听信了他的话，第二天打开了所有的鸟笼子，放走了所有的鸟儿，但仍有一只没放。因为这只鸟儿有一个婉转嘹亮的歌喉。

人们说："会唱歌的鸟儿呀，你遭到囚禁都是因为你的歌喉婉转，如果你不放声歌唱，谁又会来把你折磨呢？既已开口，你便承担由此带来的后果吧！"

狗咬人

有一个牧人的脚被狗咬了一口。这一口咬得很厉害，痛得他龇（zī）牙咧（liě）嘴难以忍受，一到夜晚痛得更厉害，觉也无法安睡。

他的女儿见父亲如此难受，就责备父亲说："狗有牙齿咬你，你不是也有两排牙齿吗，怎么不也咬它一口？"

牧人痛得刚哭了一阵，听了女儿的话，不禁破涕为笑，说："宝贝女儿呀，我的力气当然不比一条狗的力气小，但是我却不愿意动口去和狗厮（sī）咬。就是有一把钢刀架在脖子上，逼我这样做，我也不会去和狗厮斗一场的。"

谎言与真话

一位国王下令将一个俘虏处死。那可怜人绝望之余用家乡方言对国王破口大骂。正如常言所说的那样："人到临死时，就说出心里所有的话。"

国王问："他说什么？"

有位大臣，心地善良，说道："陛（bì）下，他说：'天堂与天地同宽，是为能够抑制愤怒、宽恕他人的善人预备的。真主喜欢善人。'"

国王怜悯这个俘虏，便赦（shè）免了他，不叫他流血。另有一位大臣，和这位大臣是仇人，说道："我们不应该在国王面前说假话。这人分明是在谩骂皇上，而且骂得不堪入耳。"

国王听了这番话，心中不悦，便说："他的假话比你的真话更为可取。因为他心存善意，而你却不怀好心。圣人言'息事宁人的谎言，胜过搬弄是非的真话。'"

不甜的甘蔗

有一个人，手托着一盘甘蔗，沿街叫卖，寻求买主。

在村头，有一个人想吃甘蔗但身上却没有钱。卖甘蔗的人说："请先拿去吃吧，等你手上有了钱再来还账就行了。"

这个人是个聪明人，他没有吃他的甘蔗，却说："如果口吃甘蔗心里想着还钱，甘蔗在口中就不会感到甘甜了。"

角力

有一个人善于角力。他的技术高明，浑身的解（xiè）数足有360种，而且每次出手都各不相同。而徒弟里头，他最喜欢一个长得英俊的。他把自己的本事教给他359样，只留下一样不肯再传。那青年本事高明，力大无比，谁也敌他不过。后来，他跑到国王面前夸口，说他所以不愿胜过师傅，只因敬他年老，又看他到底总是自己的师傅。其实，自己的本领和力气，绝不比师傅差。

见他这样傲慢无礼，国王很不高兴。就叫人选了一处宽大的场地，把满朝达官贵人都请了来，观看师徒二人比赛。

那青年走进场地，耀武扬威，好像发怒的大象一般。仿佛他的敌人是一座铁山，也会被他推倒。

他的师傅看他力气比自己大，使出留下不传的最后一招，一把将他扭住。他还不知怎样招架呢，已经被师傅举过头顶、抛在地上了。满场的人都欢呼起来。国王叫人拿了一件袍子奖给师傅，并对那青年斥责说："你妄想和你师傅较量，可是你失败了。"

这个青年说道："皇上！他胜过我并不是凭力气。他留下一手没有传。就凭这小小的一点本事，今天把我打败了。"

那师傅说道："我留下这一手就是为着今天。因为圣人说过：'不要把本事全部教给你的朋友，万一他将来变成敌人，你怎样抵挡得住？'从前有个吃过徒弟亏的人所说的话，你没有听见吗？'也不知如今是人心变了，还是世上本来就没有情义。我向他们传授射箭技艺，最后他们却把我当作天上的飞鹄（hú）。'"

干渴的阿拉伯人

沙漠里有一个阿拉伯人，在极度干渴时喊道：“在我临死之前，只求上帝赐一股清泉流到我脚边，让我舀起一桶清水。”

和他一样，有一个旅人在一片大平原上迷失了道路，食物用尽，气息奄奄，腰包里还有许多黄金。他东奔西走找不到路，终于困顿而死。有一个旅队从他身旁经过，看见他面前放着那些黄金，地上写着这样两句话：“虽拥有无数黄金，却买不到一点食物。对于沙漠中的旅人，金银不如一个萝卜。”

没有腿的狐狸

有一个人看见一只没有腿的狐狸。虽然狐狸没有腿，但看上去油光水滑，好像吃食不愁、生活得很好。他为此感到非常奇怪：一只没有腿的狐狸怎么能在森林里捕到食物呢？正在这时，他看见一只狮子叼着一只豺狼跑过来。狮子在这里匆匆忙忙地吞食了豺狼后，就离去了。而狐狸立即上前吃掉余下的碎肉，也填饱了自己的饥肠。

第二天，这种景象又重复了一次。原来，狐狸每天就是靠这些碎肉来养活自己的。

这个人看到这种景象惊讶不已，想到真主真是伟大无比，对这没有腿的狐狸都安排了顿顿饱餐，而我只要坚信真主，依靠创造万物的主肯定也不愁吃喝。于是，这个人从此以后什么事也不干，只像蚂蚁一样傻呆在一处，一动不动，等着真主给他安排食物。

一连好多天过去了，真主没给他一粒米，亲戚朋友也没有谁来问过他，后来竟瘦得皮包骨头、青筋突起。就在他饿得就要受不住的时候，从壁龛中传出一个声音说："人啊！你应该像雄狮一样有余食给别人吃，为什么要像狐狸一样仰仗别人、食人余唾呢？有能力就要奋力去获得食物与人共享，不要坐享其成等待他人的恩赏。有志之人自己劳苦使生活舒适安逸；无志之人才仰仗他人余唾让人们瞧不起。"

夸夸其谈的商人

我认识一位商人，随身带了150头骆驼，还有50个奴仆。有一晚，他在寓所招待我，终夜夸夸其谈。

他说："我在土耳其斯坦存着一批货，我在印度斯坦有一批花色品种齐全的商品，这张是房契，这张是商号开给我的抵押单。"又说："我打算到亚历山大里亚去住一阵，那边空气好，对身体有益，可惜地中海风浪太大，现在去不成。萨迪！我只想再作一次旅行，实现以后就深居简出，了此余生，不再出外经商了。"

我问他："你的旅行计划如何呢？"

他说："我听说硫黄在中国很值钱，我想把波斯的硫黄带到中国，把中国的瓷器带到希腊，把希腊或威尼斯的绸缎带到印度，把印度的铁带到阿勒颇，把阿勒颇的玻璃品带到也门，再从也门把花布带回波斯。然后我就守着我的铺子，不再出外旅行了。"

他滔滔不绝地说下去，一直说到声嘶力竭，最后说道：“萨迪！你也谈谈你的见闻吧。”

我说道：“沙漠里有个商人从骆驼上跌了下来，你没听见他临死时所说的话吗？他说：‘贪婪的眼睛如果不满足，终究会被黄土将它封住。’”

狼与兔

兔子收到了狼的请柬，请它光临狼舍赴宴。一般来说，兔子会婉言谢绝狼的邀请：“不胜感激……实在抱歉……因身体不适……敬祈（qí）海涵……”

不过，这只狼可与众不同，虽然说不以仁慈闻名，可是它遇见兔子从不龇（zī）牙瞪眼，在森林或野外从不摧残兔子，兔子给它鞠躬，它也以礼相还。因此，兔子受宠若惊，告诉雌兔：“赶快梳洗打扮！盛情难却，咱们俩一块儿去赴宴吧！”

兔子对狼怀着深深的敬意，应邀来到了狼夫妇的门前。它心里想的是菜肴丰盛、美酒盈盏。

客人驾到，主人格外喜欢。狼说：“多日不见，二位的身体看来很健康！”

兔子夫妇刚刚迈入前厅，狼便冲着长獠（liáo）牙的厨师挤了挤眼睛：“怎么样？足足有两公斤重！”

我不忍描述那次宴会，想要说明的只有一点：厨师上菜端来了托盘，红焖（mèn）兔肉就摆在上边。

金翅雀和猫

金翅雀对主人说："主人，你为什么要把我锁在笼子里？为什么不让我在花园里飞翔，不让我在枝头欢跳？你要知道，对于歌声嘹亮的歌手来说，铁笼子虽然舒适却过于狭小了！"

主人说："一旦把你放出去，你就会只剩下两只爪子和一堆羽毛！你要知道，锁住你正是为了保护你，使你不受猫的骚扰！"

金翅雀说："既然你这样爱护我，就放我出去，把猫锁在笼子里，岂不更好？！"

苹果树和白菜

邻居问退休的老爷爷："整天价弯着个腰，您使用铁锹在掘什么？"

老爷爷回答邻居说："我不想懒散地呆着，想在园子里栽棵苹果树。"

"依我看，您有劲儿，不如干点儿别的活！像您老这一大把年纪，还等得到苹果树收获？"

老人听了邻居的话，捋（lǚ）了捋胡子接着说："一切都有可能，谁又知道呢？我只想说明一点：种白菜是为自己食用，苹果树是为孙子栽的！"

森林与林学家

“看哪！好一片大森林！”林学家赞叹连声，“这里有许多优良树种：橡树、云杉、白桦、红松！树干粗壮，绿阴如盖，每种树都有独特的个性——自古以来这里延续着无形的斗争：虽然林中树木都向往阳光与天空，然而树与树彼此绝不相同。有的寿命长久，百年不老；有的身材矮小，形似树丛，诚然它们是在低洼处生长，但那里的水分向来充盈……假如树木长得一样又平又齐，那将是俄罗斯大自然的不幸！”

默听着老专家侃（kǎn）侃而谈，我认为他的话发人深省。有些人最好也来听一听，他们总想把一切削齐斩平。

狮子与标签

狮子醒来，愤怒地团团转，吼声打破宁静，凶猛威严。

有个野兽和它开了个玩笑：在它的尾巴上挂了张标签。上面写着“驴”，有编号，有日期，有圆圆的公章，旁边还有个签名……

狮子很恼火：怎么办？从何做起？这号码，这公章，肯定有些来历！撕去标签？免不了要把责任承担！

狮子决定合法地摘去标签，它满怀气愤地来到野兽中间。

“我是不是狮子？”它激动地质问。

“你是狮子，”胡狼慢条斯理地回答，“但依照法律，我看你是一头驴！”

“怎么会是驴？我从来不吃干草！我是不是狮子，问问袋鼠就知道。”

“你的外表，无疑有狮子的特征，”袋鼠说，“可具体特征我又说不清！”

“蠢驴！你怎么不吭声？”狮子心慌意乱开始吼叫，“难道我会像你，畜生！我从不在牲口棚里睡觉！”

驴子想了片刻，说出了它的见解：“你倒不是驴，可也不再是狮子！”

狮子徒劳地追问，低三下四地求狼作证，又向豺狗解释。同情狮子的，当然不是没有，可谁也不敢把那张标签撕去。

憔悴（qiáo·cuì）的狮子变了样子：为这个让路，给那个闪道。一天早晨，从狮子洞里忽然传出了“呃啊”的驴叫声。

有些标签比狮子还有力！

夜莺和麻雀

无论禽鸟还是野兽，都有它们的习惯和品性。平平常常的小麻雀，见夜莺的歌声那么动听，非常忌妒，决定用吵闹胜过夜莺。于是，成群的麻雀把夜莺团团围住，用叽叽喳喳的吵闹，淹没了夜莺的歌声。

过了几分钟，为了马路上的几粒粮食，麻雀就相互争斗起了内讧（hòng）……

蜘蛛和扫帚

有个蜘蛛产生了非分之想——决计织一张阴险的罗网，把整个空旷的房间变成一座迷阵，任谁也休想随意飞行、爬出爬进！

一天、两天，过了三天……果不其然，蜘蛛网渐渐扩展，布满了整个房间。飞进窗口的昆虫也实在晦（huì）气，能活着逃命的简直寥（liáo）寥无几！

然而，世上的一切总在衍（yǎn）变，一把扫帚来到了房间，从这个墙角走到那个墙角，从地面细细打扫到天花板，它把蜘蛛网扫了个一干二净，捺住了蜘蛛，叫它顷刻丧命……

如今还有些蜘蛛匆匆奔忙，日日夜夜张罗着编织罗网，条条蛛丝渐欲将四周笼罩。但可以断定：扫帚总能找到它！

砖与冰

有块砖躺在浮冰上面顺河漂流，它不停地责备冰漂的方向不对，指责冰流动速度太缓慢，教训冰应当更有作为，不能闷声不响，不应靠拢堤岸！

不料，冰化了，它要迎接春天。砖在一刹那间便沉到了河底。

有的人和这砖很相像，他自以为：“我在马上！”爱训斥别人、发号施令，其实他并非骑在马上，他的双脚踩着的是冰！

不捉老鼠的猫

花猫过生日，黑猫诚心诚意地叼着一只老鼠送给它。

瞧见客人送来老鼠，主人轻蔑（miè）地耸耸鼻子，喵呜喵呜叫着说："谢谢你呀，老弟！可惜你白白花费了一番气力！我以老鼠为食的岁月，早已经成为过去了。伙计，请原谅，我说话不太客气！"

尴尬（gān·gà）的黑猫觉得十分惊奇：猫不吃老鼠！这怎么可能呢？莫非是我的耳朵出了毛病？它刚想问个究竟，可是饭菜已经端上了宴席：奶油、黄油、奶酪、肝片和炸鱼，香肠、灌肠、腊肠、卤肉与熏鸡，还有商店里都难得一见的好东西！美味食品和新式糕点不断摆上桌，吃得黑猫几乎撑破了肚皮。

花猫打着呼噜，缓声说道："老弟！咱就这样过日子，你瞧，不吃老鼠，也还将就过得去！"

这只花猫大啃大嚼（jiáo）的是它负责看守的东西！不抓老鼠的这类猫，早该从库房里撵出去了！

吹牛的公鸡

有只老鹰总在村子上空飞翔，一心一意想下来抓小鸡。猎人看见了瞄准它就是一枪。空中强盗给打中了，顿时掉在地上。然而，鹰毛仍在空中飘了很久……

这时公鸡从矮树林里正往外走，一看，他最怕的家伙一动也不动，利嘴失去了劲，两眼也没有了神。公鸡一下子变得威武万分！他的那顶鸡冠简直跟血一样红。“喂，鸟儿们，都来瞧一瞧吧！”他发出胜利的呼声，几乎喊破了喉咙。

鸟儿飞来一看，咦，老鹰在公鸡脚下。“好样的，大公鸡！好样的！”

那位吹牛大王越叫越威风。它用战胜者的姿态向四面瞅（chǒu）着。

此时，偏偏有位朋友走过去，把那老鹰翻了个脸朝天，从毛里面一啄（zhuó）啄出一颗子弹来，接着又啄出一颗。于是，真情泄漏、真相大白，吹牛大王灰溜溜地溜走了。

有的人很像这只公鸡，最擅长的就是吹牛。

大象、兔子和驴

大象、兔子和驴决定修一座桥。

“是该造一座桥了，”固执的大象说道，“石头桥墩（dūn）应该用钢筋混凝土铸造！”

兔子反驳说：“不行！什么桥墩、水泥，简直是胡闹！桥要建得轻巧，材料轻些才好！”

驴昂起头来呃啊直叫：“朋友们，听着！咱们该先来表决怎样造桥？是顺着堤坝，还是横跨河道？”

大家争论来争论去，这座桥到底没有建起来。

大胆的建议

火鸡宣布开会，说：“火狐狸闹得咱们日夜不安，我们该拿它怎么办？要不然，院子里所有的家禽，过不了多长时间，都会被它拖进洞去，不管是咕咕叫的，还是嘎（gā）嘎唱的，哪一位都休想幸免。谁有什么高见？用什么法子教训教训这个坏蛋？请发言。”

这时候站出来一只公鸡，它提出一条建议：“为了从远处能听见狐狸的声响，最好在它的脖子上拴一个小铃铛！”

母鸡立刻表示同意：“这样，我们一听到铃铛响，就可以立刻躲起来！”

公鹅开口说，“各位弟兄！这个主意好倒是好，但归根结底，哪位去系这个铃铛呢？”

“噢，这是个技术问题，”出主意的公鸡回话说。

不能实践的理论毫无意义。

两只山羊

一只黑山羊正在赶路。它走到一座狭窄的独木桥上，遇见了一只白色的山羊。白山羊大声嚷嚷道：“喂，小老弟，你瞧！这桥怎能容下我们俩？你快点儿滚开，让我先过去！”

黑山羊一听这话，不高兴了，也大声呵斥道：“你脑子没有不正常吧？我宁可在这里渴死、饿死，也绝不会后退半步！”

它们就这样对峙（zhì）着，各不相让，然后就打起架来。四只羊角互相撞击，互相推搡（sǎng），互相格斗。尽管桥面狭窄，大家都觉得很危险，犄（jī）角相撞也很疼痛，可是谁也不肯退让半步。

空中太阳高照，炎热难熬；桥下河水流淌，波浪滔滔。可怜两只山羊一起坠落下去，沉入了深深的河底。

疯狗

在一个大热天，一只狗发了疯，它挣脱锁链、冲到墙外，去咬牲口！它像一只狼一样，先扑上去咬小牛，然后又咬死了一只无辜的小羊。它咬死一只又一只家畜，给牧人造成很大的损失。这只狗闯了大祸，要是不把它捉住，不知道还会有多少人要吃它的苦。最后，人们终于捉住了它，于是，审理工作开始了！

转眼间，一审审了半年，证人问了不计其数。疯狗却在牢里享福。它狼吞虎咽地大吃公家的食粮，养得又肥又壮，浑身的毛从头到尾锃锃亮。整天，它除了吃饭就是睡觉，身边的朋友很多，侍候得十分周到：颈圈经常有人来调换，亲戚经常向它来问安。

两只豺狼很荣幸地担任了被告的辩护人。为了减轻疯狗的罪过，它们喋喋不休地嚷个不停，要求法庭重新分析它的唾沫……

人们早就等得不耐烦了，议论纷纷：“什么时候才能吊死这条疯狗？法官还在等啥？这种坏蛋不把它处死怎么能行？”

我们大家知道，的确有这种法庭。

冤枉的歌手

有一天狮子进了剧场，鸟儿演唱，请它欣赏。

这狮子有职又有权，在它面前，许多野兽吓得用两条后腿走路，连一口大气儿都不敢喘。

狮子在包厢里坐定。一声呼唤：上场吧，歌星！

今天演唱的有两位：椋鸟和夜莺。面对狮子，椋鸟既胆怯又激动，差点儿忘记了歌词，过了好一阵子才渐渐镇静下来，突然降临的灵感给了它力量：要让鉴赏家大吃一惊！

它唱得果然与众不同：忽而宛转啁啾，忽如鸽哨凌空；时而声如云雀，时而嗓赛柳莺；时而咕咕模仿鸡叫，时而哈哈学人的笑声。花样儿翻新、层出不穷！但是狐狸发现：狮子听着歌曲，脸上竟然没有一丝儿笑意，有时反倒把身子扭转过去。

轮到夜莺上场了，狮子又在皱眉。这是什么意思？简直弄不明白！狮子坐不安稳，它想站起身来。狮子太太好不容易劝丈夫坐着别动……而夜莺呢？……演唱得格外动听！与椋鸟相比，它算占尽了上风！

不料，狮子一抖鬃毛，忽然从座位上站起来，没听完夜莺的歌曲，便离开剧场匆匆而去，随身还拉走了它的伴侣……

旁边的狐狸立刻开了口："都怪这些歌手！是谁把它们捧成'森林歌星'？五音不全，夸什么歌喉！我一直盯着狮子的脸色——隔段时间它就眉头紧皱！唱得真丢脸！当众出丑！"

随后它下了一道指示："责令夜莺和椋鸟降职，参加合唱团，重新学习！"

怪哉！这究竟是怎么回事儿？狮子原本爱听歌曲，它自己偶尔也唱歌，据说，唱得相当不错。听鸟儿唱歌它本应当格外高兴，怎么倒连皱眉头？

原来事有凑巧：那天狮子饮食过量、一阵阵肚子疼痛！后来，多亏了老鹰从中斡旋，要不然，可怜的椋鸟与夜莺，恐怕直到今天仍然会呆在合唱团里！

别人的祸患

黎明时窗户外一片混乱，被惊醒的斯杰潘睁开惺忪的双眼，他猜出是恶狼闯进了邻居家的畜圈，咬得牲口在院子里直叫唤。

“斯杰潘，我还以为您不在家！”早晨见了面，邻居责备他，“我家的一头小牛犊被狼拖走，您怎么不带上猎枪出来搭救？”

“我累得要命，睡得太死，实在困倦！”斯杰潘打个哈欠说：“我什么都没听见……”

什么人装聋作哑、无视邻居的祸患，他应该明白：远亲不如近邻，邻里本应互相帮助。

两只青蛙

女主人端来了一罐奶油，顺手放在了贮藏室的窗口。说来奇怪，她竟然忘了给罐子盖盖儿，过了一会儿，有两只小小的青蛙，跳进罐子里。

青蛙在奶油罐里乱抓乱蹬，想跳出去却没有办法。它们徒劳地用爪子敲打内壁，越敲打越没有气力。

有一只对得救已不抱希望，口吐白沫，沉到了罐底；而另一只青蛙，却比它的兄弟顽强，在昏暗中拼命挣扎，拿出浑身力量往外跳，天亮时，终于跳出罐子。

什么人热情肯干、不屈不挠，我献上这篇寓言，博取他们一笑。

两个朋友

鼠甲到鼠乙家，看了实在眼热："我的好姐妹呀，你的日子真不错！吃的喝的再加上坐的卧的，样样都是外国货！啧啧啧！"

鼠乙叹了口气回答道："好姐妹呀，你不知道，我整天东奔西走，就是为了把外国货找，本国货呢，哼，我连瞧都不瞧，只有这些外国货，我才高兴往洞里拖。瞧，这是土耳其沙发上的毛，这一小片来自一张波斯地毯，这片柔软的毛昨天我才弄到，塘鹅毛呐，真正是非洲产的！"

鼠甲又问："那你吃的是啥？我们吃的东西当然不配你胃口！"

"我的好姐妹呀！"鼠乙回答，"这里哪样叫我不讨厌它！我就吃点面包，还吃点脂油。"

我们知道有这样一些人，本国货样样看不起，外国的什么东西都说顶呱呱，而脂油呢，却吃本国的！

蚂蚁

两个小蚂蚁抬着同伴的遗体，抬着沉重的担架向远方移动。一路上它们互相帮助、同心协力，穿过树叶、树根，沿林间小路爬行。这件事对它们俩来说分外繁重，因为死者比它们的身材大得多。

不过，蚂蚁是种谜一般的昆虫，它们具备人类往往没有的品格。

生命泉

地下水从地层深处顽强冲击，终于冲出地面，成了一眼永不枯竭的喷泉。麋鹿跑到它跟前来饮水；过路的行人用它解渴；月亮用它照镜子，泉水总是透明清澈，它在任何时候，都乐于款待每一位来客。

一天，许多游人来到泉边，就近点燃了篝火，后来就开始野餐，饮酒发狂，粗野呼喊，乱泼脏水，把废弃物抛进清泉，泉水因此而浑浊，清晰的泉底再也看不见了。

然而，喷泉没有堵塞！泉水的活力与大地贯通，泉水把一切污浊冲刷得干干净净；虽然付出了不少泉水，可喷涌的生命泉——毕竟又变得镜子般透明！

大狮子和小甲虫

大狮子自称是兽中王。有一天，一头大雄狮久久地站在镜子前，前后左右地欣赏着自己。“看我这副威武样子，多么高贵！多么雄壮！”大雄狮自豪地说，“我一定要到外面走走，让那些忠实的臣民都瞧瞧，它们的领袖确实是一位气度非凡的兽中王！”

于是大雄狮就披上鲜艳的礼服，戴上布满珍珠的皇冠，挂上无数金、银质的勋章，走出了皇宫。一路上没有谁敢挡道的。来不及躲避的都向它鞠躬行礼。“呵，这就对了。”大雄狮傲慢地说，“我理所当然地可以接受它们的敬意，我是它们的主人、当之无愧的兽中王！”

路旁有一只小小的甲虫躲避不及被大雄狮看见了。“大胆的小甲虫，大王到了为何不施礼？”大雄狮吼叫起来，“立刻给我跪下！”

“尊敬的大王陛（bì）下，”小甲虫说，“我心里明白，因我个子小，你看不清楚。如果你能挨近点看，或许会看见我正在向您跪着呢！”

大雄狮听了，果真向下弯了弯身子，伸了伸脑袋，仔细地瞧着。“小小甲虫，你到底跪没跪下，我还是看不清楚。”

“哎呀，尊敬的陛下，”小甲虫说，“如果你能再挨近点看，肯定会看到我确实是向您跪着呢！”

大雄狮当真又向下弯了弯身子，伸了伸脑袋。这一弯腰，身上的礼服、头上的皇冠、脖子上的金、银勋章哗哗啦啦垂了下来。大雄狮顿时感到头重脚轻，失去了平衡，一头栽倒在地上。随着一声吼叫滚进了路边的泥水沟里。

可怜的小甲虫吓得撒腿就跑。不可一世的兽中王成了一头泥狮子。

龙虾和螃蟹

天上刮着大风、下着大雨，螃蟹在海滩上踱来踱去。它看见龙虾正准备驾船出海，感到惊奇。

“虾大哥，”螃蟹说，“这样的天气还冒险出海？未免太鲁莽（mǎng）了吧！”

“当然会有些危险，”龙虾说，“不过，我喜欢海上的风暴。”

“那我陪你一起去，”螃蟹说，“我可不能让你独自去冒险。”

于是，龙虾和螃蟹一起出海了。不一会儿，它们就远离了海岸。汹涌的海浪打得小船颠簸（bǒ）起伏。

龙虾在狂风呼啸（xiào）中大声叫喊：“螃蟹老弟，对我来说，咸滋滋的浪花最能使人振奋，波涛的撞击简直使我高兴得喘不过气来！”

“虾大哥，我发觉我们的船正在往下沉！”螃蟹胆战心惊地叫了起来。

“一点不错，我们正在下沉。这条旧船到处都是裂缝。勇敢些，蟹老弟。我们都是大海的子孙哪！”

小船果真翻了个身，沉了下去。

“太可怕了，太可怕了！”螃蟹惊叫起来。

“走，让我们下去吧。”龙虾说道。

螃蟹惊恐不安。龙虾搀（chān）着它在海底缓步行走。

“你看，我们勇敢地冒了一次险，多有意义啊！”龙虾说。

螃蟹渐渐觉得好受些。尽管它一向喜欢过安稳的生活，此时它也不得不承认，这一天虽然历尽风险，确也很有几分乐趣。

哪怕小小的冒险也能使生活增添乐趣。

母鸡和苹果树

深秋的一天，母鸡从窗口向外眺（tiào）望。发现后院里新长出一棵苹果树。“这可真怪，”她自言自语地说，“那里昨天明明还是一块空地，哪里有什么树哇？”

“有些苹果树就是长得很快嘛。”那棵苹果树开口说道。

母鸡看了看树根说：“我从来没有见过一棵树，会长出十个毛茸茸的脚趾头。”

那棵树又说："有些苹果树就是这样的。喂，母鸡，快到我枝叶茂密的树阴底下来凉快凉快吧。"

母鸡又瞧了瞧树顶，说："我从来没有见过一棵树会有两只尖尖的耳朵哇。"

那棵树说："母鸡呀，你快出来尝尝我这又甜又大的苹果吧。"

"让我想想，"母鸡说，"我可从来没有听说过一棵树还会长着满嘴利齿呢！"

"有些树就是这样的。母鸡呀母鸡，快快出来，舒舒服服地靠在树干上休息休息吧。"

母鸡又说："在这个季节里苹果树的树叶早已掉光了。"

"噢，一点不错，"那棵树说，"有些树是要掉叶子的。"说着那棵树便开始抖动起来，所有的树叶纷纷掉落下来。只见刚才长苹果树的地方，一下子站着一只大恶狼。母鸡看在眼里，并不吃惊，它不声不响地放下百叶窗，紧紧地关住了窗户。

那只恶狼骗不了母鸡，又饿又恨，大骂了一阵，只得恶狠狠地溜走了。

以假乱真总是很困难的事情。

鹈鹕与仙鹤

一天，仙鹤请鹈鹕（tí·hú）吃茶点。

"您真是太好了！"鹈鹕对仙鹤说，"哪儿也不会有人请我吃饭。"

"我是非常高兴请您的。您的茶里要放糖吗？"仙鹤递上一缸糖给鹈鹕。

"谢谢，"鹈鹕边说边把半缸糖倒进了杯子，另一半都撒在地上了。"我几乎没有朋友！"鹈鹕又说。

"您茶里要放牛奶吗？"仙鹤问道。

"谢谢，"鹈鹕说着又倒了一半牛奶在杯子里，其余的全泼在桌子上了，把桌子搞得一塌糊涂。

"我等啊等啊，没有一个人来请我。"鹈鹕又接着说。

"您要小甜饼吗？"仙鹤又问道。

"谢谢。"鹈鹕说着拿起小甜饼就往嘴里填，饼的碎屑撒了一地。

"我希望下次您再请我来。"鹈鹕又说。

"或许我会再请您的，不过这几天我太忙了。"仙鹤说。

"那么下次见。"鹈鹕说着又吞了几个小甜饼，然后用餐巾擦了擦嘴走了。

鹈鹕走了以后，仙鹤又是摇头又是叹气。他无可奈何地叫女仆来打扫这狼藉的餐桌。

可见，当一个人失去一切朋友的时候，就该在自己身上找找原因了。

鸭子与狐狸

每天大清早，鸭姐妹俩总是顺着大路摇摇摆摆地走向池塘去游泳。

“这条路真好，”鸭姐姐说，“但是我在想，我们是不是另外找一条路走走。还有许多路都能通向池塘呢。”

“不，不，”鸭妹妹说，“我不同意，我实在不想找另一条新的路。这条路我已经走惯了，很舒服。”

一天早上，鸭姐妹看见一只狐狸坐在路边的一个篱笆上。

“早晨好，鸭小姐。你们是去池塘游泳的吧？”

“唉，对啊。我们每天都要走这条路呢！”鸭姐妹说。

“真的吗？有意思。”说着，那狐狸露出尖尖的牙齿笑了笑。

第二天，太阳升起来了。鸭姐姐说：“如果我们今天还是走那条老路的话，我们一定会遇到那只狐狸的。我不喜欢看到它那副嘴脸。今天我们一定得找条新的路走。”

“你真是傻透了，”鸭妹妹笑着说，“那只狐狸看上去可像一位绅士啦，昨天它还朝我们笑呢！”

就这样，鸭姐妹俩还是沿着老路摇摇摆摆地向池塘走去。果然，那只狐狸仍旧坐在篱笆上，手里还拿着一只麻袋。

“可爱的小姐们，我正在迎候你们呢。你们没有让我白等，我真是太高兴了。”说着，他打开麻袋凶猛地扑向鸭姐妹。鸭姐妹呷、呷、呷地喊叫着，扑闪着翅膀飞也似的逃回了家，赶紧把门闩（shuān）上。

第三天，为了安定一下情绪，鸭姐妹呆在家里没有出去。

第四天，她们小心谨慎地找到了一条能安然无恙（yàng）地到池塘去游泳的路。

可见，有时改变一下习惯是十分有益的。

犀牛太太和它的衣服

一天，犀（xī）牛太太在一家服装店的橱窗里看见了一条漂亮的裙子，上面绣满了波尔式的圆点和花朵，领子和袖口上都装缀（zhuì）着丝带和花边。她欣赏了好一会儿，然后走进了这家商店。

“我想试试橱窗里的那条裙子。”犀牛太太对一个售货员说。

它穿上裙子，走到镜子跟前看了一看说：“我想这条裙子我穿并不合适。”

“哎，太太，您完全错了。这条裙子会使您更妩媚（wǔ·mèi）动人的。”售货员说。

“就算我相信你的话吧，可是别人不一定会这么认为呀。”

“噢，太太，每个人看见您穿上这条裙子，都会羡慕您，赞美您的。”

犀牛太太一边在镜子前转来转去，前后左右、仔仔细细地看了又看，一边问道：“真是这样的吗？”

“当然啰！我说的一点儿也不会错。”

“那好吧！我就买这一条。”

犀牛太太穿着新裙子离开了服装店。它走在大街上看见大家都朝它笑。

“这是在赞美我呢。”犀牛太太心想。

它又看见有些人蹙（cù）着眉头在摇头。

“这是在妒忌我呢。”它

又想。

它继续往前走着。每个看见它的人都站住了，惊奇地注视着它。犀牛太太觉得自己更漂亮更动人了，所以走起路来也就更神气了。

可见，吹捧往往能使人头脑发昏。

卧室里的鳄鱼

有条鳄鱼对它卧室里的糊墙纸越看越喜欢，便好久好久地注视着它。

有一次它自言自语地说："看看这一排排整洁的花朵和叶子，它们就像一个个士兵那样排列得整整齐齐。"

"我亲爱的，"鳄鱼的妻子说，"你在床上呆的时间太长了，快到花园里来吧，这儿空气新鲜、阳光充足。"

"好吧！如果你一定要我这么做，那么就请你稍微等一会儿。"为保护眼睛不受到阳光的照射，它戴上了一副深色的眼镜，随后走了出去。

鳄鱼的妻子为自己有这样一个美丽的花园感到骄傲，便说道："请看看这些一品红和万寿菊，再闻闻那玫

瑰和百合花……”

“天哪，”鳄鱼大叫道，“这花园里的花和叶子长得这么参差不齐、凌乱不堪，一点没秩序，太糟了，太糟了。”

鳄鱼非常生气地回到自己的卧室。可是当他一看到它的糊墙纸时，就高兴得把刚才的一切都忘光了。

“啊，”鳄鱼叹道，“这儿才算是一个美丽的花园呢。这些花儿使我觉得多么的欢乐、多么的安宁啊！”

从此以后，鳄鱼很少离开那张床，它一直躺在那里朝着墙壁微笑。最后它变成了一条面色苍白、容貌憔悴的鳄鱼。

毫无疑问，像这一类过分强调秩序的事情，世上还是有的。

坏袋鼠

有只小袋鼠是学校里最坏的一个学生。它常常把图钉放在老师的椅子上，将吐有唾沫的小纸团在教室里扔来扔去，在厕所里放鞭炮，还把胶水倒在门把手上。

“你的行为简直不像话，”校长气愤地说，“我要到你父母那里去告你的状：你是一个多么调皮的孩子。”

校长来到了袋鼠家，袋鼠先生客气地给校长让座。

“哎哟，”校长刚坐下去就跳了起来，“椅子上有枚图钉！”

“对，我知道那儿有个图钉，我就喜欢把图钉放在椅子上。”袋鼠先生说。

嗖，一个吐有唾沫的小纸团飞了过来，正好打在校长的鼻子上。

“请您原谅，校长先生，”袋鼠太太说着，走了过来，“我就喜欢扔这东西玩。”

乒乓！一声巨响从洗澡间里传了出来。

“别怕，先生，那响声是我们放在药柜里的鞭炮声。我们就是喜欢听这吵吵闹闹的声音。”袋鼠太太对校长说。

校长一听，赶紧起来，开门准备离去。可是他的手被粘在门把手上了。

“用力拉呀！我们家里每个门把手上都有一点儿胶水。”袋鼠太太边示意边说。

校长好不容易把手拉了下来，跑出了房间，急匆匆地走了。

“这人真怪，我真不知道校长到这儿来干什么。一句话也没说就走了。”袋鼠先生说。

“您别在意，校长一定是另有约会。晚饭好了，我们吃饭吧。”袋鼠太太说。

于是，袋鼠一家人便高高兴兴地吃起了晚饭。饭后，它们就在饭厅里扔起吐有唾沫的小纸团来了。

可见，一个孩子的行为是受其父母影响的。

松鼠和狼

松鼠在树枝间跳来跳去，一不小心，从树上掉了下来，偏巧砸在了一只正在树下睡觉的狼身上。狼一下子蹿（cuān）起来，抓住了松鼠要吃掉它。小松鼠恳求狼饶命。它说："行行好，求您放了我吧。"

狼说："好吧，我可以放了你。但是你必须告诉我一件事，为什么你们松鼠总是一天到晚快快乐乐，我总是觉得烦闷？看看你们，在树上玩啊、跳啊，总是那么开心，这究竟是什么原因呢？"

松鼠说："你先放了我让我上树，我在树上告诉你，要不然我心里太害怕。"

狼放了松鼠。松鼠飞快地上了树，站在树梢上说道："你觉得烦闷是由于你秉性凶恶，凶恶折磨你的心。我们快乐是因为我们善良，我们从来不对任何人做什么坏事。"

狐狸和鹤

狐狸跟鹤交上了好朋友。

有一次，狐狸突然想请鹤吃饭，她跑去请鹤到自己家里做客。

“鹤，亲爱的，来吧，一定得来！真的，我要请你吃顿饭！”

鹤去赴宴了。狐狸已经煮好碎麦米饭，把饭平抹在盘子上。她端上盘子，请鹤吃：“吃吧，亲爱的鹤！”

鹤用嘴笃笃地敲着盘子，敲啊敲，什么也没有吃着。而狐狸舔舔自己身子，又舔舔饭粒，就这样它把饭全都吃掉了。

它把饭吃光以后，说：“鹤，请别见怪！没有别的东西可以招待啦。”

鹤回答说：“狐狸，为此我该谢谢你啦！请到我家里做客吧。”

第二天，狐狸来到鹤的家里，鹤已经把冷杂拌汤做好，它把汤倒入颈部细长的罐子里，然后把罐子放到桌上说：“狐狸，请吃吧！说实话，没有别的东西可以请你。”

狐狸开始围着罐子打转转。它一会儿绕着罐子走，一会儿舔舔罐子，一会儿又闻闻罐子，总之，任凭它怎样做，也没法使它的脑袋钻到罐子里去。而鹤啄啄自己身子，又啄汤喝，直到把汤全部喝光为止。

“狐狸，请别见怪！没有别的东西可以招待啦。”

狐狸懊丧极了。它原来想，吃上它整整一个星期，然后跑回家里，可现在只得灰溜溜地走了。这真是以其人之道，还治其人之身。

从那以后，狐狸和鹤的友谊就告吹了。

孔雀

百鸟聚会推选鸟中之王。孔雀翘起尾巴，展示绚丽的彩屏，并且自命为鸟中魁（kuí）首。于是所有的鸟儿都推举孔雀为王，因为它实在是太美了，任何鸟儿都不敢和它相比。

但是喜鹊在这时候却说话了："孔雀，请你告诉我们，假如你当了鸟中之王，万一碰到敌人来迫害我们，你能采取什么措施对我们加以保护呢？"

孔雀不知道怎么回答才好。

一看这种局面，所有的鸟儿都开始重新思考：它们选孔雀为王是对还是错。最后，它们放弃了孔雀，推举鹰为百鸟之王。

老爷爷和孙子

爷爷已经很老了。他迈不动双腿，眼睛看不清，耳朵听不见，牙齿也都掉光了。当他吃饭的时候，饭菜常常从他的嘴里漏出来。儿子和儿媳妇便不再让他上桌子，只让他在火炉边吃饭。有一次，他们端了一碗饭给老人吃，老人想把碗挪近一点，可是碗掉在地上，摔碎了。于是儿媳妇就开始责骂老人，说他把家里的东西都弄坏了，打了好多碗。她还说，以后她要用木碗给老人盛饭。老人只是叹了口气，什么话也没说。

有一天，儿子和媳妇在家里坐着，看见他们的儿子在地上摆弄一堆小木片玩。

父亲就问道：“你这是在做什么？”

孩子回答说：“爸，我正在做木碗呢。等将来你和妈老了的时候，我好用这只木碗给你们盛饭。”

夫妻俩你看看我，我看看你，哭了起来，他们为自己那样对待老人感到羞愧。从那以后，他们又重新把老人请上桌吃饭，并且细心地照顾他。

蠢人的玩笑

曾经有一次，上千人聚集在一个大剧场里。在演出中间有一个蠢人心血来潮开了一个玩笑，他大喊道：“着火了！”人们纷纷朝门口拥去。大家挤成了一团，互相推撞。当事件平息下来后，已经有20人被踩死、50多人受伤。这桩大恶只是由一句蠢话造成的。

在这个剧场里，这种由一句蠢话造成的恶是显而易见的。然而更常见的情况是，蠢话造成的恶不像剧场里发生的这样当时就能看得出来，而是悄无声息地一点一点发展成大恶的。

多少人参加婚礼

有一户人家举行婚礼，很多亲戚朋友前来祝贺。邻居家的主人叫来仆人吩咐说：“你去看看，隔壁有多少人参加婚礼。”

仆人搬了一个圆木墩儿摆在邻居家门口，然后坐在土台上，耐心等待着，看有多少喝喜酒的客人走出门来。

祝贺的人陆陆续续往外走，谁走出门时都难免被圆木墩儿绊一脚，被绊的人全都骂一句难听的话，接着走他的路。只有一个老妇人，走出来时被绊了一下，她爬起来把圆木墩儿挪到了旁边。

仆人回到家来见主人。主人问：“隔壁邻居家来的人很多吗？”

仆人回答说：“只来了一个人，是个老太婆。”

“到底是怎么回事儿？”

“是这么回事儿：我把一个圆木墩儿摆在邻居家门口，所有被绊倒的人，都只顾骂街却不移开那木墩儿。他们的举动都跟绵羊差不多。只有那个老婆婆把木墩儿挪到了一边，她担心别的人再被绊倒。只有人才会这么做。因此，我认为只有她一个人才配叫做人。”

仿效

一个人问另一个人，他为什么在做他不喜欢做的事。“因为所有人都这么做。”后者回答说。

“不见得所有人都这样吧？我就不这么做，还有别的人也不这么做。”

“不是所有人，但很多人，大部分人。”

“但是请你告诉我，什么样的人多些：是聪明人、还是蠢人？”

“当然，蠢人多些。”

“既然如此，那么就是说，你这样做是在步蠢人的后尘啰。”

爱默生说，我们把最多的精力都耗费在仿效别人上，但却不能把这么多的精力用在智慧和心灵上。

好心的客店主人

从前有一个好心人，想尽可能多地为人们做善事，便开始琢磨怎么做才能不使任何人受委屈，让每一个人都受益，让每一个人都感到平等。

后来这个好心人想出了一个主意，在人来人往的地方建了一座客店，客店里置办齐了所有能让人们感到舒适和高兴的设施：在客店里造好了暖和的客房、上好的炉灶，准备了木柴、灯火；库房里装满了各种粮食；地窖里储藏着蔬菜，还备有各种水果、饮料；准备了床、被褥，还有里外的服装、靴子，把尽可能多的东西都准备好了。

好心人做完这一切之后就离开了，等着看结果怎么样。于是陆续有些善良的人来借宿，吃点东西，喝点水，住上一夜，要不就呆上一两天，或者个把星期。有时谁需要就拿些衣服、靴子。用完了就收拾好，保持来之前的样子，以便别的旅客接着用。走的时候心里直感激那个不知名的好心人。

但有一次，却来了一伙大胆而粗鲁的恶人。他们随心所欲地抢光了店里所有的东西，而且为了这些财物起了纷争。开始时是互相谩骂，接下来就是拳脚相见，直至互相争抢，故意毁坏财物，只要别人拿不到就好。一直闹到把所有东西都毁坏完了才罢手。这时，他们才感到又冷又饿，又开始互相埋怨起来，接着就骂起这客店的主人来——这里为什么搞得这么糟糕，连看门的人也不安排一个；准备的东西又这么少，为什么把形形色色的坏人都放了进来；而另一些人则说这客店根本就没什么主人，客店本身也造得不好。

这些人离开了客店，又冷，又饿，怒气冲冲，只是一味地骂着建造这个客店的主人。

当世上的人们不为灵魂、而只为肉体而生的时候，他们也是这样做的。他们毁坏着自己和他人的生活，却不知自责，只知互相指责。如果他们承认上帝，就连上帝一起指责；如果不承认上帝，而认为世界是自我建造的，那么就指责这个世界。

遗产

有一个商人，他有两个儿子。大儿子是父亲的宠儿，父亲想把自己的全部财产都留给他。母亲很可怜小儿子，她请求丈夫先不要宣布分财产的事。她总想想个办法让两个儿子分得平均一点。商人听从了她的劝告，没有宣布分财产的决定。

有一次，母亲坐在窗前哭泣。一位过路人看见了，就走上前来，问她为什么哭。

她说："我怎么能不哭呢？对我来说，两个儿子都一样亲，可是他们的父亲却想把全部财产留给一个儿子，而另一个什么也得不到。在我还没想出帮助小儿子的办法以前，我请求丈夫先不要向儿子们宣布他的决定。但是我自己没有钱，我不知道怎样才能解决这个烦恼。”

过路人说：“你的烦恼很容易解决。你只管向两个儿子宣布，大儿子将得到全部财产，小儿子什么也得不到。但以后他们将各得其所的。”

小儿子一听说自己什么也得不到，就离开家到外地去了。他在那里学会了手艺、增长了知识；而大儿子依赖父亲生活，什么也不学，因为他知道，他将是富有的。

父亲死后，大儿子什么都不会干，把自己所有的财产都花光了；而小儿子在外学会了挣钱的本事，变得富裕起来。

农夫和黄瓜

有一回，一个农夫到菜园主的园子里去偷黄瓜。他爬过黄瓜架，心里想：“如果我拿走一口袋黄瓜去卖掉，再用这些钱去买一只母鸡；母鸡会给我下蛋、孵蛋，孵出许多小鸡。我把小鸡喂大，卖掉，再去买一头母猪；母猪长大了会给我下一窝猪崽。我把小猪卖掉，再买一匹母马，母马会给我生许多小马驹。我把小马驹喂大，再卖掉，就可以买一间房子和一块菜地。我买了菜地，要种上黄瓜，我要严加看守，不让别人偷。我还要雇上几个看园子的人，让他们看好黄瓜，而我自己只要在瓜地边上转一转，喊上一声：‘喂，你们看守得用心点！’就行了。”

农夫想得出了神，忘记了自己是在别人的菜园里，竟大声地喊了起来。看园子的人听到喊声，急忙跑来，把这个农夫揍了一顿。

蛇头和蛇尾

蛇尾和蛇头为谁该走在前面争吵了起来。

蛇头说："你没有眼睛和耳朵，你没法往前走。"蛇尾说："可是我有力气呀，是我推着你向前走的。如果我缠绕在树上，你就根本别想动弹。"

蛇头说："那就让我们各走各的吧！"

于是，蛇尾挣脱了蛇头准备向前爬。但是，它刚刚离开了蛇头，就掉进了石缝里，爬不出来了。

有学问的儿子

儿子从城里回到农村，回到父亲这儿。父亲说："今天去割草，你去拿草耙，和我一起去，给我当个帮手。"

可是儿子不愿干活，他说："我学的是科学，乡下人的活我全都忘记了——草耙是什么样的东西？"

他刚刚走进院子，就一脚踩在草耙上，草耙的把儿一下子打在他的脑门上。这时他终于想起了什么是草耙。他揉揉脑门儿说："这是哪个傻瓜把草耙扔在这儿的？"

猫头鹰和野兔

暮色降临了，猫头鹰开始在林中盘旋，暗中搜寻着猎物。

一只大灰兔跳到林中的草地上，开始梳理脸上的毛。老猫头鹰看了大灰兔一眼，停在树枝上。小猫头鹰说：“你怎么连兔子也不去捉呀？”

老猫头鹰说：“我力不从心呀！这只灰兔太大了，我要是去抓它，它会把我拖进密林里去的。”

可小猫头鹰说：“我用一只爪子抓住它不放，同时用另一只爪子迅速握住树枝。”

于是小猫头鹰就飞过去捉野兔。它用一只爪子紧紧抓住兔子的后背，连爪子都扎了进去；同时准备好用另一只爪子去抓树。兔子一挣扎，它就用另一只爪子抓住了树，心想：“你跑不了啦！”可是兔子猛地一冲，把小猫头鹰撕成了两半。它的一只爪子留在树上，另一只留在了兔子的后背上。

第二年，有个猎人打死了这只野兔，为兔背上长着一只猫头鹰的爪子而大吃一惊。

国王和大象

一个印第安人的国王命令把所有的盲人召集在一起。等他们到齐了，国王就让他们去参观自己驯养的大象。

这些人来到象房，开始摸起象来。一个人摸到象的腿，另一个人摸到象的尾巴，第三个人摸到的是象的尾巴梢，第四个摸到象的肚皮，第五个摸着象的脊背，第六个摸着象的耳朵，第七个摸着了象牙，而第八个摸到的是象鼻子。

然后，国王把这些盲人叫到跟前，问他们：我的大象怎么样？

摸到象腿的人说："你的象就像一些柱子。"

另一个人摸到象尾巴，他说："它就像鞭子一样。"

第三个摸到尾巴梢的人说："它就像一些树枝。"

那个摸到象肚皮的人说："象就和一片平坦的土地一样。"

摸到象脊背的人说："象就好比一座山。"

摸着象耳朵的说："象就如同妇女的一块头巾。"

摸着象牙的人说："象就好似一只角。"

而那个摸到象鼻子的人说："象完全和粗绳子一模一样。"

这些盲人开始争论起来，最后吵得一团糟。

鹿

一只鹿走到小河边喝水，在水中看到了自己的模样，它为自己那一对巨大的、分叉的角而十分得意。它又看了看自己的腿，说："只是我的腿又细又弱。"

这时，突然窜出一头狮子，向鹿扑过去。鹿立刻在空旷的原野上飞跑起来。它逃脱了狮子的追赶，可是刚一走进森林，它那对巨大的、多叉的角就挂在树枝上，狮子终于捉住了它。

当鹿快死的时候，它说："我真糊涂啊！我嫌腿细弱难看，可它却能救我的命；我为角自豪得意，可它却让我送了命！"

跳蚤和羊皮

一只跳蚤（zǎo）生活在狗身上。一天，它嗅（xiù）到了羊毛的鲜膻（shān）味。

"这是什么？"跳蚤问自己。

它姿势优美地一跳，那小小的身躯就离开了狗。这时，它发现，原来狗躺在羊皮上睡觉哩。

"妙极了，妙极了！这张皮才是我需要的！"伶俐的跳蚤说，"它又厚实，又柔软，特别是比狗身上安全多了。在这里不必担心狗爪子搔（sāo）痒，也不必怕那个没有教养的汪汪叫的家伙用牙齿咬。绵羊皮真使我感到十分甜蜜。"

跳蚤非常开心，也没有更多地想一想，就钻进它将来的卧室——厚厚的羊毛里了。突然，在跳蚤的小脑袋瓜里产生一种感觉：在厚厚的羊毛里，毛是那么密，爬到毛根上很不容易。

"我应当有些耐心。"跳蚤安慰着自己。

它试了一次又一次，分开一根羊毛又一根羊毛，连时间也没有计算，渐渐地开出一条通路，最后才来到毛根。

"我到达目的地了，胜利了！"跳蚤高兴地叫道。

是啊，是啊！跳蚤真利索！不过，绵羊绒那么细，又那么厚，闷得跳蚤连气都喘不过来了，就别再提如何享受羊毛的膻味了！

跳蚤精疲力竭，汗流浃（jiā）背，垂头丧气。它想回到狗身上，可是，狗已经跑了。

可怜的跳蚤！为自己的过错感到难过，痛哭了好几天，最后饿死在厚厚的羊皮上。

在下决心之前，需要对事物深入研究。如果像跳蚤那样，后悔就晚了。

牡蛎和老鼠

渔夫一整天也没有休息。在黎明的微光中，他已经在岸边岩石中间，站在没膝的海水中，把捕捉到的海鲜熟练地扔进大篓子里。

夜色降临，在离大海不远的渔夫家里，一只牡蛎遇到了几条鱼。它们被扔在地上，喘着粗气，脸色十分难看。

“哎，我真害怕，在这儿我们都得死，真没有办法呀！”牡蛎从来没有这样忧伤过，它望着同伴们低声地说。

这时，一只老鼠从这儿经过。这只老鼠对自己的健康十分得意。

牡蛎准备利用这从天而降的唯一机会：“老鼠，请您听着。您的心肠这么好，肯定能把我带到海边去吧？”

老鼠看了牡蛎一眼。它可不是傻瓜，不能不想到，这个牡蛎又漂亮又肥大，一定有许多可口的、富有营养的精肉。

“马上就行动！”老鼠回答，它已经决定要吃掉牡蛎，“不过，为了把你带到海边，你得把壳张开一点。你的壳紧闭着，我怎么带你走呀！”

“哦，听你的！”牡蛎同意了。但是，牡蛎十分警惕地半张半开，因为，牡蛎也不是傻瓜。

老鼠立刻伸过嘴巴就咬。尽管他的行动迅速，但牡蛎事先就预料到了这一步，一下子就夹住了老鼠的脑袋。

老鼠疼得吱吱叫。这叫声传到猫的耳朵里，猫立刻跑过来，捉住了老鼠。

你在伤害别人之前，要想到别人也会同样伤害你。

农夫和毒蜘蛛

农夫正在菜园里松土，突然从土疙瘩后面跳出一只很大的毒蜘蛛。

“多么可怕的蜘蛛！”农夫吓得惊叫一声，急忙跳到一边去。

“谁敢动动我，我就咬死谁！”毒蜘蛛舞动着长爪子，威胁农夫，还发出咝咝怪叫声。毒蜘蛛又向前爬了几步，张开大嘴做出咬人的凶相，说：“蠢农夫，你要听明白，只要被我咬一口，你就会有死的危险。你先是在痛苦中抽搐（chù），接着在极度痛苦中咽气！走开，别靠近我，否则，你要倒大霉！”

农夫心里清楚，这是毒蜘蛛装腔作势，这个小东西过高地估计了自己。

农夫向后退了一步，运足了气力，光着脚丫子狠命地踩着蜘蛛，一边说：“你嘴上讲得挺吓人，实际上又怎么样呢？我这个泥巴腿子倒要领教领教，看你能不能咬死我！”

毒蜘蛛被踩死了。在它生命的最后一息，仍然狠命地在农夫的大脚掌上咬了一口。

不知是农夫深信蜘蛛的威胁只不过是吹牛，还是因为脚掌长满了厚厚的老茧，他除了感到轻轻一蜇（zhē）之外，没有任何别的感觉。

虚张声势，从来是不可怕的。

核桃和钟楼

一天，一只鸟把一颗核桃带上了钟楼。

这只鸟用爪子踩着核桃，三番五次地啄（zhuó）着。啊呀！这核桃突然逃掉了。它先滚了一阵，最后掉进墙缝里，不见了。

"墙，好墙！"核桃看见自己从鸟的嘴里逃出来，就可怜巴巴地说，"感谢上帝，你被建造得这么结实和高大，厚厚的，又有那么多漂亮的钟。它们响得多好听啊！全世界都能听见！你救救我吧！可怜可怜我吧！"

鸟在上面呱呱叫。墙却沉默不语。

"墙，好墙！"核桃更加悲切地说，"您知道，我注定要从我的老父亲——核桃树上掉下来，落进铺满黄叶、肥沃的土壤里……啊，你不要抛弃我，我求求您！"

核桃接着又说："当我在野蛮的鸟的嘴里时，我曾发誓：如果上帝保佑我逃出来，不管流落到多么艰苦的地方，也决心在那里度过我的余生。"

钟轻声地忠告墙壁：“你可要当心点啊……注意，核桃可是个危险人物。”

“危险？它是那么渺小啊！”最后墙说了话。

墙终于发了善心，决定客客气气地把核桃留下来：“它掉在那儿，就让它在那儿呆着吧！”

过了些日子，核桃裂开了嘴，接着，又长出根来，长长的根须四处延伸，枝叶也从墙缝中探出脑袋。核桃长得那么迅速，枝叶那么繁茂，不久就长到钟楼上喽。它的根须那么粗壮有力，悄悄地毁坏了墙壁，把旧墙弄倒了。

墙壁意识到核桃的祸害时，为时已晚。它长叹一声，说：“我真后悔，没有听钟的劝告啊！”

核桃树还在长，它毫不动摇，长得结实有力；而那可怜的墙壁，却倾斜倒塌了。

对那些不值得信任的人不要存有幻想！钟楼墙壁的悲剧是非常容易重演的。

猴和小鸟

夏天，一只年幼的小猴子在树枝上跳来跳去，发现了一个鸟窝。小猴像过年那样高兴，伸手就去抓。那些会飞的小鸟受到惊吓都逃走了，只有一只最小的鸟没有飞。

我们的小猴子乐得欢蹦乱跳。它捉住小鸟，把它带回家去。

可怜的小鸟是那么柔弱、娇嫩和不壮实。小猴不断地亲吻、抚摸它，把它紧紧地抱在胸前。

老猴子望着小猴子，什么也没有讲。小猴子忘乎所以地喊道："多么可爱的小鸟！我是多么爱你！"

小猴子不停地亲吻、紧紧地拥抱它。可怜的小鸟最终死在了小猴子的怀里。

鹰王的遗嘱

鹰王，从很古很古的时代起，就被认为是价值、权力和尊严的象征。它的形象被罗马人、波斯人、德国人、波兰人、奥地利人和西班牙人用做国徽。

高傲的鹰王，当它年老的时候，选择了最高峰作为住所，在那里独居了许多年。

一天，它感到死期已近，就把所有的孩子叫到身边。等它们聚齐了，鹰王一个一个地看过它们，说："我哺育你们，为的是你们从小就有能力看太阳。我让那些视力不行的孩子——你们的兄弟们都饿死了。因此，你们有资格比其他鸟类飞得更高。所有不愿意送死的鸟，从来不靠近你们的巢。"

孩子们恭恭敬敬地听着鹰王的教诲，不断地点着高傲的头颅。

停了片刻，鹰王继续说："所有的野兽都应当惧怕你们，但是，你们不能伤害尊敬你们的野兽，而且应当把你们吃剩的食物让给他们吃。"

"是，我们遵命。"所有的鹰都低声回答。

“我马上就要离开你们了，”鹰王宣布，“但是，我绝不死在巢里，我要飞上苍穹，飞到双翅能把我带到的天空，我要飞向太阳。假如能飞到那里，就让太阳的光焰焚（fén）烧我的羽毛，我再神速地冲向地面，跃进大海。在大海中，我会神奇地复活和恢复青春。这就是鹰的天性，这就是我们的命运。”

讲完之后，鹰王开始飞行。它威严、庄重地先围绕孩子们居住的高峰兜了一圈。接着，它猛然向高空飞去，以便在太阳的怀抱里烧掉那一双疲劳的翅膀。

榜样的力量无穷。从鹰王那里孩子们学到了尊严。

蝴蝶和火焰

这是一个寂静的夜晚。在黑暗中，一只色彩缤纷的流浪汉——蝴蝶，没有目标地乱闯。突然，它发现远方有一点点火光。

“那是什么？”被火光迷惑的蝴蝶好奇地问。

它想都不想就向火光飞去。它靠近了火光，快速地围绕火焰飞翔。啊，多么美哟！

不过，蝴蝶不满足只欣赏一下火焰，还想品尝一下，就像吮（shǔn）吸田野上的花蜜一样。它姿势优美地停在半空，准备落在火焰上。

多么可怕的教训！它惊恐地一跳，逃开了。在光亮下，蝴蝶发现，缺了一条腿，非常漂亮的翅膀尖儿也被烧焦了。

“这是怎么了？我遇到了什么事？”蝴蝶没有找到答案。这么美丽的"光亮"还能令人感到遗憾？真是难以想象！

蝴蝶怀着这种疑虑，休息了一会儿，等恢复了气力，又重新开始。

被迷惑的蝴蝶，眼睛紧紧地盯着火焰，怀着占有它的决心，一头投进了火焰。蝴蝶没有遇到任何东西的撞击，却跌在油灯的油盆里。

弥留之际，蝴蝶低声地嘀咕（dí·gu）："可恶的光亮！我渴望你给我带来幸福，你却带给我死亡！我只能为自己疯狂的梦想哭泣！可惜，我明白得太晚了，是你使我不幸！"

火焰听见蝴蝶的抱怨，回答说："可怜的蝴蝶，我可不是你想象的太阳！我是火焰。不谨慎的人不但不会使用我，而且会自焚（fén）！"

崇拜带光环的偶像，很可能跟蝴蝶一样跌跟头。

朱顶雀和它的孩子

一天，一只心肠善良的朱顶雀去给小鸟找食吃。它高高兴兴地飞走了，准备尽力抚养自己的孩子。它嘴里叼着小虫子飞回来，自己的窝却空了。

朱顶雀一边呼唤，一边痛哭，四处寻找自己的孩子。那凄凉的呼唤声在森林里回荡，只是没有回应。

朱顶雀只好飞向别处，在城市房屋的瓦顶上飞过，那里只有烟筒吐着浓烟，朱顶雀在哪儿也没有发现孩子的踪影。

失去了希望和欢乐的朱顶雀在树枝上缩成一团。

“你知道吗，”一天，苍头燕对朱顶雀说，“我好像觉得，在农夫家里见过你的孩子。”

朱顶雀抱着一线希望，又开始寻找。最后，它来到农夫家，落在房顶上，什么也没有。它又落在打谷场上，也是空空的。它抬起头，看见窗户上挂着一个笼子。它的孩子们正在笼子里，成了俘虏！

小朱顶雀望见一只大朱顶雀，认出那是它们的父亲，它们发疯似的喳喳叫，哀求着父亲帮助它们获得自由。

好心肠的爸爸猛烈地冲击冷酷的牢笼。用它的喙（huì）和爪子拉扯着铁栏杆。这是个艰巨的工作，它无法完成。

朱顶雀伤心地痛哭。它只得像来时那样，再飞回去。

第二天，朱顶雀又回到关押小鸟的笼子旁。它望着自己的孩子，隔着铁栏杆，一个一个地吻着它们。

它在笼子里放了些草，这些都是毒草。小鸟全被毒死了。

对那些可以在蓝天翱翔、生下来就是自由自在的鸟来说，没有什么比自由更珍贵了。

石头

有一块美丽的大石头，被山涧的激流冲洗得十分光洁。一天，激流开始变窄，冲力也渐渐减弱，最后，水全部退去，一滴也不存在了。

这样，石头就在陡峭的山坡上显露出来。巧的是，它正好在一片小树林的附近，那里恬（tián）静而又美丽。山坡下面是一条石子路。光洁的大石头占有特殊的地势，从那儿可以饱览许多东西。在这长满青草、开满鲜花、充满芳香的地方，照理说，它应当感到非常幸运。

一天，它望着道路，发现人们在铺鹅卵石，使路面变得更坚硬。突然，它产生了一个疯狂的念头，要到下面的道路上去。

它对自己说："我在这上面和青草混在一起干什么？我应当和兄弟姐妹们生活在一起。我觉得，这样做是最正确的。"

它这样说着，冲动之下，开始了行动。没有靠任何人的帮助，就开始向下滚动。真巧，一直滚到路中间才停下来，四周全是和它类似的曾经吸引它的鹅卵石。

"好极了，我就呆在这儿！"

这条道路十分繁忙。铁轱辘（gū·lu）大车从它的身上轧过，奔驰的骏马震撼着大地，强有力的马蹄铁践踏着它。还有穿着带铁钉的靴子的农民和成群的牲畜都经常光顾它。没有多少时间，美丽的石头就遇到了许多麻烦：有的打击它，有的践踏它，有的敲去它身上的一块石片。在灰尘、泥土和牲口粪便的下面，几乎都认不出自己的本来面目了！

被玷（diàn）污的石头开始向上看了，它痛苦地望着它离开的地方。那里是多么绿、多么洁净、多么芳香和美丽哟！石头为它失去的天堂叹气、痛哭流涕，但是，一切都是枉然。

"啊，回不到山坡上去了！我永远不会再有那种安宁的日子了！对我来说，幸福不存在了……"

怪兽

很久很久以前，森林中的动物，不论是勇猛强悍的，还是足智多谋的，谁也弄不清楚森林里到底发生了什么灾祸，摸不透在那棵粗壮繁茂的古树下面隐藏着什么可怕的动物。

消息传开之后，传闻变得越来越捉摸不定，大家议论纷纷。最后，都说古树下面出现了可怕的怪兽，森林动物的末日到了！

动物们胆战心惊地聚在一起商议，一个个苦思冥（míng）想。最后，不得不求助于狐狸。它们说："狐狸老兄，你是森林动物中最聪明、最善于思索的天才，请你发发善心，亲爱的，设法弄清楚到底发生了什么事，探听一下，古树下面到底藏着什么怪兽。"

动物们苦苦恳求，狐狸推辞了很久，最后才答应去看一看。不过，狐狸根本不想为了别人的安危去冒生命危险，它迟迟不肯动身。狡猾的狐狸思索了半天，决定先派自己的朋友、好奇心极强的喜鹊去看个究竟。

喜鹊在古树四周飞来飞去，侦察了半天，才发现在茂密的树叶中有两颗闪闪发光的亮点，还听到好似不停扇动翅膀的声音。喜鹊急急忙忙飞回来，把所见所闻告诉狐狸，喜鹊自己也吓得惶惶不可终日。

狐狸立刻召集森林中的动物，说："大难临头啦！朋友们，我们森林要毁灭啦！古树下面出现了大怪物。目前，还没法看清怪兽的獠（liáo）牙和鬼脸，也无法听到它的鸣叫和怒吼。不过，我不想拿自己的生命当儿戏，也奉劝各位，别拿生命开玩笑！"

话音刚落，狐狸就夹起大尾巴，窜入密林深处逃命去了。其他动物也一窝蜂地跟着它的足迹逃进了森林。

其实，那棵古树下并没有什么怪兽，茂密的叶丛中栖息着一只大眼睛的猫头鹰。此时此刻，猫头鹰也感到莫名其妙，不知为什么森林中的动物都惊恐地逃跑了，不知为什么森林变得死一般沉寂。

疑心和传闻常常能制造出可怕的怪兽。

天鹅

天鹅弯着它柔软的脖子瞧着水面，长久地凝视着自己的倒影。

它明白自己为什么会这么疲倦、浑身发冷，使它像在严冬里那样哆嗦不停。它完全肯定地相信自己的时刻已到，它必须为死亡做好准备。

它的羽毛仍像它诞生的第一天那样洁白，岁月如流，它雪白的羽衣上并没有出现一个污点，它现在可以去了，它一生将在愉快中结束。

昂起了它漂亮的脖子，它缓慢而高贵地划向一株柳树下。它习惯于天气炎热时在这儿休息。这时已近黄昏，落日以红色和紫色的光辉触摸着湖水。

四周寂然无声，天鹅开始歌唱。

以前它从来没有唱出过这种对大自然的一切——天空、湖水、大地等的赞歌，其甜美的歌声响遍了天际，歌声中微带着点儿忧郁；最后，它轻轻地、轻轻地随着地平线上最后一抹余晖消逝了。

“这是天鹅，”鱼儿、鸟儿、林地和草原上所有的鸟兽都深为感动地说，“天鹅死了。”

草叶如是说

一棵小草对一片秋叶抱怨道：“你跌下来的声音真够响的！你惊断了我一冬的美梦。”

秋叶愤慨地说：“你这出身低贱而住所卑微的生物！没有乐感、

性格乖戾的东西！你不曾高踞于空中，当然无法了解自然之歌的美妙音响。”

然后，秋叶在泥土上躺下来开始长眠。当春天来临时它苏醒过来——已长成一棵青草。

秋天又至，小草渐入冬境，在它上面，秋叶又从空中飘落。它低低地自语道：“哦，这些秋天的落叶！它们弄出这么大的噪声，把我的好梦都给搅了。”

阿拉杜斯之王

有一次，阿拉杜斯城里的长老们晋见国王，请求他颁令，禁止在城里饮用葡萄酒和其他酒精饮料。

国王转过身去，冷冷一笑走开了。

长老们惶惶不安地退下朝廷。

退到王宫门口，他们遇见了朝廷侍从长，他一见长老们面有难色，便明白了其中缘由。

侍从长说道：“真可怜，朋友们，要是你们碰见国王醉了，他必定会恩准你们的请求的。”

大河

在大河奔流的卡迪沙流域，两条小溪相会交谈。

一条小溪说：“我的朋友，你是怎么流过来的。你流过的途径如何？”

另一条小溪答道：“我的途径是最难走的了。磨坊的水轮坏了，经常把我从渠道里引导到他的农作物那儿去的农民死了。我排除着人们的污秽，挣扎着流将下来。那些人啥也不干，只是懒洋洋地晒太阳。不过，我的兄弟，你流过的途径又如何呢？”

第一条小溪答道：“我的途径截然不同。我从山上芬芳花卉和腼腆杨柳之间流将下来，男男女女用银杯喝水，小孩儿们用玫瑰红的小脚在溪边戏水，我的周围都是欢笑声，还有甜蜜的歌声，你的途径竟那么不愉快，真是遗憾。”

这时候，大河用洪亮的声音说道：“流进来吧，流进来吧，咱们要奔流到海里。流进来吧，流进来吧，别多言多语了。现在跟我合流吧。咱们要奔流到海里。流进来吧，流进来吧，因为你们一进入我的河床，就会把你们的流浪忘掉了，不论它是苦是乐。流进来吧，流进来吧。一旦咱们到达咱们的母亲——大海——的心里，你们和我就会把咱们流过的途径都忘掉了。”

白纸如是说

一张雪一样洁白的纸片如是说：“我生来纯洁无瑕，愿今后永葆这份纯洁。我宁可被焚、化为白烬，也不愿黑色玷污我，不愿脏物靠近我。”

墨水瓶听了白纸的话，在自己黑色的心中暗笑，后来便再不敢接近白纸。彩笔听了白纸的话，也再不去碰它了。

果然，这张白纸得以永葆自己的洁白和纯净了：洁白、纯净，但空空如也。

大自我

一切终于结束了。拜布洛斯之王努夫西巴尔在自己的加冕典礼结束后，回到卧房，这是三位隐居深山的巫师替他建造的房子。他摘下王冠，脱下御衣，站在屋子中间陶醉起来：他是拜布洛斯的全权大王啦！

忽然间他掉过头来，发现他母亲赠他的大银镜里，正走出一位赤身裸体的男子。

国王大惊，对着此人喝问道："你要干什么？"

赤身的男子答道："我只有一问：为何人们立你为国王？"

国王说："因为我是这块土地上最高贵的男人。"

男子："你若仍然比人高贵，就做不了国王了。"

国王："因为我是这块土地上最勇猛的，他们才立我为王。"

男子："你若依然勇猛如初，就做不了国王了。"

国王："因为我是人们中最富智慧的，人们才立我为王。"

男子："你若仍旧富于智慧，就不会被选为国王了。"

这时候国王猛然倒地，痛哭起来。

赤身的男子低头看了看他，拿起王冠，轻轻地戴在国王垂下的头上。

然后，他又以怜爱的目光注视着国王，随即走进银镜里。

国王站起身来，马上向镜中看去。他看到的，只是戴着王冠的自己。

稻草人

有一回我对稻草人说："你总是孤独地守望在这片寂寞的土地上，你一定厌倦了吧？"

稻草人回答道："能使他人恐惧是一种深沉持久的快乐，对此我永远不会感到厌倦。"

我低头沉思，尔后说道："的确如此，因为我也能领悟这种乐趣。"

他说："只有那些用稻草填充躯体的人才能体味到这种乐趣。"

于是我走开了，不知道这是恭维还是轻蔑。

一年过后，稻草人变成了一位哲学家。

当我再次从他身边走过时，看到两只乌鸦正在他的帽檐下筑巢。

价值

一个男人在自家地里挖出一尊绝美的大理石雕像。他带着雕像，找到一位酷爱各种艺术品的收藏家，准备出卖。收藏家出了高价买下雕像，事毕后两人便分手了。

回家的路上，卖主摸着大把的钱，欣喜地想："这笔钱会带来多少荣华富贵呀！怎么还有人不惜如此代价，换取一块在地下埋了千年，做梦都无人梦见的顽石呢？真不可思议！"

同时，收藏家却在端详着雕像，心里也在暗想："真是气韵生动、巧夺天工！何等美丽的一个精灵，酣睡了千年之后再度复生！何以有人会以如此稀世珍品，换取毫无趣味的几个臭钱呢？"

另一种语言

出世后的第三天，我躺卧在柔软的丝绒摇篮里，惊异地注视着身边这个新奇的世界。这时候母亲问我的乳母："我的孩子怎么样？"

乳母相告："他很乖，夫人。我已喂过他三次奶了，我从来没有见过像这样小的婴儿会这么快活的。"

我听见此话气得哭喊起来："这不是真的！妈妈，我的床太硬了，我吮吸的奶满嘴苦味，乳母的乳房泛着刺鼻的恶臭，我好难受啊！"

可是母亲听不懂，乳母也一无所知，因为我说的话是属于我来自的那个世界。

在我来到世上的第二十一天时，一位神甫给我施洗礼。他对我母亲说："您真有福气，夫人，您的儿子是个天生的基督徒。"

我吃了一惊，对神甫直言："那么你那天堂里的母亲一定不开心了，因为你生来可不是个基督徒。"

神甫也仍然听不懂我的语言。

七个月后的一天，一位预言家观看了我的面相之后，告诉我母亲："您的儿子会成为一个政治家，一位伟大的民众领袖。"

我大喊起来："他是骗人的预言家！我将成为音乐家，除了音乐我别无选择。"

可是直到那时，我的语言仍没人听得懂——我惊讶不已。

三十三年又过去了，母亲、乳母、神甫相继去世（愿上帝保佑他们的灵魂），只有那位预言家依然在世。就在昨天，我在神殿门前遇到他，交谈中他说道："我早就知道你定会成为一位大音乐家。当你还在襁褓中时，我就曾预见并预言了你的未来。"

我相信了他——因为如今的我，也早已忘却了那属于另一世界的语言。

两首诗

许多世纪以前，有两个诗人在去雅典的大路上相遇，彼此见面，很是高兴。

一个诗人问另一个诗人道："你最近在写什么？你的七弦琴如何配乐？"

另一个诗人自豪地回答道："我刚写完我的最伟大的诗篇，也许是迄今用希腊文写的最伟大的诗篇。这是一首向至高无上的宙斯神祈祷的诗篇。"

于是他从斗篷下取出一卷羊皮纸，说道："喏，你瞧，我把诗稿带来了，我很高兴读给你听。来吧，让我们坐到那棵白扁柏的树荫下去。"

诗人便朗读他的诗。那是一首长诗。

另一个诗人友好地说道："这是一首伟大的诗篇。这诗将世代相传，你将因此扬名千古。"

第一个诗人平静地问道："那么你在最近的日子里写了些什么呢？"

另一个诗人答道："我写得很少。只写了八行诗，纪念一个在花园里玩耍的孩子。"接着他就背诵了那八行诗。

第一个诗人说："不赖，不赖。"

于是他们就分手了。

如今两千多年过去了，那八行诗仍在每个人的嘴里吟咏，大家都喜爱它、珍惜它。

那首长诗虽然也确实世世代代在图书馆里、在学者的藏书楼里传下来了；虽然记得这首诗，却既没有人爱它，又没有人读它。

两个隐士

在幽寂的深山中隐居着两位隐士，他们膜拜上帝并互敬互爱。

这两位隐士共同享用一个陶钵，这是他们唯一的财产。

有一天，邪恶精灵附在年长隐士的心中，于是年长隐士来到年轻隐士面前说：“我们同住已久，现在是我们该分别的时候了。让我们平分财产吧。”

年轻的隐士忧伤地说：“这真使我难过，兄长，你竟要离我而去了。但你既然决心要走，那就这样吧。”他拿出那个陶钵，把它递给年长的隐士，说：“我们无法把它平分，兄长，你拿去吧。”

年长的隐士却说：“我可不接受这种施舍，除了我应得的那一份我什么也不会拿。这个陶钵必须平分。”

年轻隐士说：“如果这钵被分作两半，它对你对我还有何用呢？假如你愿意，我们可以通过抓阄（jiū）来决定钵的归属。”

但年长的隐士却又说道：“我只愿公平地得到我那份财产，我不会愚蠢到让公道及我的财产由那些没指望的允诺来决定。这个陶钵必须平分。”

年轻隐士再也无法说服他，只好说：“如果这的确是你的意愿，即使打碎它你也不在乎，那么就让我们现在把它分了吧。”

这时年长隐士的脸色却变得非常阴晦，他破口大骂：“哼！你这该诅咒的懦夫，你竟然不敢争斗！”

两个监护天使

一天黄昏，两个天使在城门口相遇，互相致敬，谈起话来。

一个天使说：“这些日子你在忙些什么，交给了你什么工作？”

另一个天使答道："指派我去监护一个堕落的人，他就住在下面山谷里，是个作恶多端的罪人，卑劣之至。我敢向你断言，这是个重大任务，我工作得好辛苦。"

第一个天使说道："那是个轻而易举的差使。我时常碰到罪人，好几次作过他们的监护者。然而现在指派我去监护一个善良的圣徒，他就住在那边的村舍里。我敢向你断言，这是件十分艰巨的工作，而且微妙极了。"

第二个天使说道："这不过是臆测罢了。一个圣徒倒比一个罪人难于监护，这怎么可能呢？"

第一个天使答道："竟说我妄加臆测，真是无礼极了！我说的只是真情实况。依我看来，你才是妄加臆测哩！"

于是两个天使又吵又斗，起初是用语言吵嘴，接着就用拳头和翅膀武斗了。

他们正在打架的时候，有个天使长走过。他阻止他们打架，说道："你们为什么打架？究竟是为了什么？你们可知道，监护天使在城门口打架是最不像话的？告诉我，你们不和睦的原因何在？"

两个天使立刻争先恐后地说起来，谁都声称指派给他做的工作是更辛苦的，因此他应该得到更大的赏识。

天使长摇摇头，自己细细思考着。然后他说道："我的朋友，我现在没法儿说你们哪一位有更大的权利要求光荣和奖励。但是，既然授予我权力，既然你们每一位都坚持对方的任务比自己的任务轻而易举，那么，为了和平，为了良好的监护职责，我派你们两位都担当起对方的职务。现在你们走吧，祝你们工作愉快。"

两个天使奉命而去。但每个天使都怀着更大的愤怒回头看望天使长。每个天使的心里都在想："这些天使长啊！他们使我们天使的生活一天比一天难过了。"

天使长站定在那儿，自己再一次地思考着。他在心里说道：“我们确实非警惕不可，非监督我们的监护天使不可了。”

泪与笑

黄昏时分，一只鬣（liè）狗在尼罗河岸上遇到一条鳄鱼，它们停下步来，互相致意。

鬣狗开口说道：“先生，你的日子过得怎样？”

鳄鱼答道：“我的日子过得糟极了。有时候，我因痛苦和烦恼而哭泣，我一哭，人们总是说：‘不过是鳄鱼的眼泪[1]罢了。’这话使我伤心，真是没法儿说。”

鬣狗接着说道：“你讲起你的痛苦和烦恼，可你也替我想想吧。我凝视着世界上的美，凝视着它的奇观和奇迹，纯粹出于内心的喜悦，我笑了，甚至像白昼一样地笑了。而丛林里的居民们却说：‘不过是鬣狗的笑[2]罢了。’”

鲁思夫人

从前，有三个人遥望一所白房子。那白房子孤零零地坐落在绿色

① 假慈悲。　② 狞笑。

的山头上。第一个人说：“那是鲁思夫人的房子，她是个老丑巫婆。”

第二个人说：“你错了。鲁思夫人是个美丽妇女，她住在那儿沉湎于梦幻之中。”

第三个人说：“你们俩都错了。鲁思夫人是这一大片土地的大地主，她吸她的农奴们的血。”

他们且走且议论着鲁思夫人。

他们走到十字路口时，遇见一个老翁，有一个人问老翁道：“请你把那位住在山头上白房子里的鲁思夫人的情况告诉我们好吗？”

老翁抬起头来，向他们微笑，然后说道：“我现在90岁了。我记得鲁思夫人时，还不过是个孩子哩。不过，鲁思夫人80年前早就死掉了，如今那所白房子是空关着的。鸱（chī）枭（xiāo）有时在那里呜呜地号叫，人家说，那所房子里闹鬼。”

明智的国王

从前，一位威严而贤明的国王统治着远方的维兰尼城。他的威严使人敬畏，他的智慧令他备受爱戴。

那时市区中心有一口水井，井水甘甜清澈，全城居民都从这口井中汲水饮用，即使国王与大臣们也不例外，因为这是城池中唯一一眼井。

一天夜里，当大地万物都沉沉睡去时，一个女巫进入城中，在井中点了七滴魔液，然后说："从现在起，凡饮用这井水的人就会发疯。"

第二天清晨，所有居民——除了国王与侍从长——都饮用了这井里的水，于是都变成了疯人，正如女巫预言的那样。

这一天，狭窄的小街上、市场中，人们都在窃窃私语，除此以外什么事情也不做："国王疯了，咱们的国王与侍从长都失去了理智！我们不能让一个疯国王统治国家，我们必须废黜（chù）他。"

这天晚上，国王命人从井里汲来满满一金杯水。水一送到，国王便大饮了一口，然后把剩下的水赏与侍从长。

于是遥远的维兰尼城热烈欢庆，因为他们的国王及其侍从长又恢复了理智。

雕像

从前，有个人住在丛山之间，他家有尊雕像，是一位古代大师的作品。雕像脸孔朝下倒在他家的大门口，他根本没有在意。

有个博学的人，从城里出来，经过他的家，看到了这尊雕像，就问这雕像的主人，是否愿意出售。

主人哈哈大笑，说道："请问谁要买这块笨重肮脏的石头？"

城里人说道："我愿意出一块银元买它。"

山里人大为吃惊，喜出望外。

雕像放在一头大象的背脊上，运到了城里。过了几个月，那个山里人进城去了，他在大街上行走时，看到一大群人拥在一个铺子门口，有个人在高声喊道："请进来欣赏天下最美丽、最神奇的雕像吧。只要花两块银元，就可以瞧瞧艺术大师的这件最了不得的珍品。"

这山里人付了两块银元，踏进店里，瞧见了他自己以一块银元的价格售出的那尊雕像。

七只鸽

七百年前有七只白鸽，从幽谷里飞上高山的雪峰。七个看到鸽子飞翔的人中，有一个说："我看到第七只鸽子的翅膀上有一个黑点。"

今天这山谷里的人们，就说飞上雪山顶峰的是七只黑鸽。

三只蚂蚁

三只蚂蚁在一个躺在温暖阳光下打盹的男子的鼻尖上偶遇。它们按照各自部族的礼节彼此致意后，便停在那儿交谈起来。

第一只蚂蚁："这里的山丘与平原是我平生所见过的最贫瘠的地方了。我寻觅了一整天想弄到哪怕是一粒粮食，但一无所获。"

第二只蚂蚁："我也空手而归，尽管我找遍了每一个偏僻的角落与每一片林间空地。我敢说，这儿就是我们部族人所传说的柔软的、可移动的、寸草不生的大陆了。"

这时第三只蚂蚁扬起头说："我的朋友，我们现在正站立于一只超级巨蚁的鼻翼间。这是只拥有无穷威力与无限强权的巨蚁，他的身躯宽广到我们极目而不能尽见，他的身影如此广袤以致我们无法逾越，他洪亮的声音充斥宇宙、震耳欲聋，啊，他是无所不在的！”

听到第三只蚂蚁如此高谈阔论，另两只蚂蚁不由得相视大笑起来。

正在这时，打盹的人动了动，伸手挠了挠鼻子，三只蚂蚁全被捻得粉碎。

石榴

从前有一个人，他的果园里种了许多石榴树。有好几个秋天，他总是把石榴盛在他的住宅外边的几个银盘里，盘上还放了一块他亲手写的招牌：“务请取用一个，不胜欢迎。”

然而，来往经过的人们，竟没有一个人取用那些果实。

这人左思右想，于是在某一年秋天，他就不把石榴盛在住宅外的银盘里了，却高悬着用大字写的招牌：“此间备有人世最佳石榴，但其售价较任何其它石榴昂贵。”

瞧瞧吧，附近的男男女女都跑来抢购石榴了。

贪婪

我周游地球时，在一个荒岛上看到一种野兽。这野兽生着人头铁蹄，正在不停地吃土地、喝海水……

我停下脚步，望了许久。然后走近野兽，问道：“你还没有吃饱喝足吗？难道永无饱足？”

野兽回答：“不，不！我已经吃饱喝足了，而且厌腻了吃喝。但是，我担心到了明天，此处既无土地可食，亦无海水可饮。”

衣衫

有一天美和丑在海边相遇，互相招呼：“让我们在海里洗个澡吧！”

于是他们脱下衣衫，在水里游泳。一会儿以后，丑回到海滩上，给自己穿上了美的衣衫，径自走他的路了。

接着，美也从海里出来了，找不到她自己的衣衫，她太害羞了，不敢赤身裸体；所以美就给自己穿上了丑的衣服，径自走她的路了。

直到今天，男男女女常把美和丑弄错了。

然而有些见过美的真面目的人，尽管她穿上了丑的衣服，还是赏识美。而有些认识丑的真面目的人，掩饰丑的衣衫可瞒不过他们的眼睛。

鹰和云雀

一头鹰和一只云雀在一座高山的一块岩石上相遇。云雀说：“祝您早安，先生。”

鹰鄙夷地瞧着云雀，有气无力地说道：“早晨好。”

云雀说：“我祝愿您万事大吉，先生。”

“是啊，”鹰说，“我们是万事大吉大利。可你要知道，我们是众鸟之王，我们还没有开口，你就不应该先招呼我们。”

云雀说：“我以为咱们是属于同一个家族的哩。”

鹰以鄙夷的神色瞧着云雀，说道：“究竟谁说过你和我是属于同一个家族的？”

云雀答道：“不过，我倒要提醒你这一点：我能飞翔得同你一样高，我还能唱歌，给大地上其他生物以乐趣。而你既不给人愉快，又不给人乐趣。”

这话触怒了鹰，它说：“愉快和乐趣！你这放肆的小东西胡扯些什么！你的身材不过我的一只脚那么大。只要我的嘴巴一啄，就能结果你的性命。”

云雀飞起来，扑在鹰的背脊上，啄起鹰的羽毛来了。这可大大激怒了鹰，它振翅高飞，想借此甩掉那只小鸟。然而它失败了，怎么也甩不掉。它终于又落在高山的那块岩石上，小东西依旧扑在它的背脊上，它越发愤怒了，咒骂着这倒霉的时辰。

此时此刻有一只小乌龟经过，看着眼前的景象哈哈大笑起来，笑得前仰后合、几乎摔倒。

鹰瞧不起小乌龟，说道：“你这缓慢爬行的东西，你这永远爬在土地上的东西，你笑什么？”

乌龟答道：“哎，我看见你变成了一匹马，让一只小鸟骑在你身上，不过那小鸟倒是只比你高明的鸟。”

鹰就对乌龟说道：“你少管闲事，忙你自己的事去吧。这是我和我的兄弟云雀之间的家务事儿。”

在市集上

一个十分秀丽的姑娘从农村来赶集。她的脸上是百合花和玫瑰花的颜色。她的头发好比夕照，而曙光在她的朱唇上微笑。

这美貌的陌生人出现在年轻男子眼前不久，他们便都来追求她了。这一个要同她跳舞，那一个要切一块蛋糕招待她。而他们都想吻她的面颊。因为说到底，难道这不是市集吗？

然而这姑娘吃惊而又害怕，认为这些年轻男子都不是好人。她斥责他们，她甚至打了一两个人的脸。接着她就从他们身边逃跑了。

那天黄昏时分，在回家的路上，她心里说道："真叫人厌恶。这些男人多么没有礼貌、没有教养。简直叫人忍无可忍。"

一年过去了，在这一年里，这个十分秀丽的姑娘念念不忘市集和年轻的男子们。于是她又来赶集了，带着她脸上的百合花和玫瑰花，带着她头发里的夕照以及她朱唇上的曙光似的微笑。

然而，年轻的男子们如今一看见她都转过身去了。整整一天她都是孤零零的，没有人来追求她。

黄昏时分，在回家去的路上，她心里嚷道："真叫人厌恶。这些青年多么没有礼貌、没有教养。简直叫人忍无可忍。"

珍珠

一只蚌对它附近的另一只蚌说："我身体里边有个极大的痛苦。

它是沉重的、圆圆的，我遭难了。”

另一只蚌怀着骄傲自满的情绪答道：“赞美上天也赞美大海。我身体里边毫无痛苦，我里里外外都很健全。”

这时有一只螃蟹经过，听到了两只蚌的谈话，它对那只里里外外都很健全的蚌说：“是的，你是健全的，然而，你的邻居所承受的痛苦，却是一颗异常美丽的珍珠。”

百足蜈蚣

你一定听说过蜈蚣的故事。蜈蚣是用成百条细足蠕动前行的。哲学家青蛙见了蜈蚣，久久地注视着。心里很纳闷：四条腿走路都那么困难，可蜈蚣居然有成百条腿，它如何行走？这简直是奇迹！蜈蚣是怎么决定先迈哪条腿，然后动哪条腿，接着再动哪条腿呢？有成百条腿呢！于是青蛙拦住了蜈蚣，问道：“我是个哲学家，但是被你弄糊涂了，有个问题我解答不了，你是怎么走路的？用这么多条腿走路，这简直不可能！”

蜈蚣说：“我一直就这么走的，可谁想过呢？现在既然你问了，那我得想一想才能回答你。”

这一念头第一次进入了蜈蚣的意识。事实上，青蛙是对的——该先动哪条腿呢？蜈蚣站立了几分钟，动弹不得，蹒跚了几步，终于趴下了。它对青蛙说：“请别再问其他蜈蚣这个问题了，我一直都在走路，这根本不成问题，现在你把我害苦了！我动不了了，成百条腿要移动，我该怎么办呢？”

独身男人

我曾听说有一个男人，他一辈子独身，因为他在寻找一个完美的女人。

当他七十岁的时候，有人问他："你一直在到处旅行，从喀布尔到加德满都，从加德满都到果阿，从果阿到普那，你始终在寻找，难道你连一个完美的女人也没找到吗？"

那老人变得非常悲伤，他说："是的，我碰到了一个，有一次我碰到了一个完美的女人。"

那个发问者说："那么后来发生了什么？为什么你们不结婚呢？"

他变得非常非常伤心，说："怎么办呢？她也正在寻找一个完美的男人。"

疯狂女人

有一天，一个女子在街上跑，大家都知道她是一个疯狂的女人。她一只手提着一壶水，另一只手拿着一支燃烧的火把。人们问她："到底是怎么一回事？你要去哪里？为什么你手上拿着燃烧的火把和水？"

她说："我要用这些水淹没地狱，要用这支火把烧掉天堂。除非这两样东西全部都被摧毁，否则人类永远无法知道宗教是什么。"

两人爬山

有两个人去爬山，其中一个说："我比你更有经验，我走在前面，你在后面可以看我怎么做。"

于是，他就走在前面，一不小心突然掉进了一个大约有两百五十英尺深的大洞里，另外一个人向下面喊道："你还好吗？"

"不！我的两只手都跌断了。"

"那么，用你的脚爬上来。"

"我的两只脚也跌断了。"

"那么就用你的牙齿爬上来。"

终于，他就用他的牙齿爬了上来，那花了他非常长的时间。当他快爬到洞口的时候，那个人又向下面喊道："你还好吗？"

他回答说："是……"接着就又掉下去了。

"是"，并非永远都是对的。

两手空空

当亚历山大过世时，他告诉他的首相说："当你扛着我的身体经过市街时，请将我的手放在棺材的外面。"

他们都感到很疑惑，便问道："为了什么呢？从来没有人听过有这样的事，从来也没有人这样做。"

他说："但是你们一定要这样做。"

他们又问道："为什么？"

亚历山大说："好让人们看到我也是两手空空地走了。我工作很努力，我努力奋斗，但是在我的舌头上唯一的滋味就是什么都没有。我两手空空的，我要人们看到亚历山大死的时候是全然失败的！"

每一个人都免不了一死，但是到了那么晚才认识到这样的事实是没有意义的。

盲人逻辑

有一个盲人，他是个大哲学家。整个村子都被他搅乱了，因为他逻辑地证明了没有光这东西。他说："我有手，我能触摸和感觉，所以给我显示一下光在哪里。如果有什么东西存在，它就能被触摸到；如果有什么东西存在，它就能被尝到；如果有什么东西存在，你用什么东西敲打它时，我就能听见声音。"

村民们被搅得很心烦，因为他们不能收集到任何证据。他说："我有四个感官。你把光带到我面前，我能通过我的四个感官看见它是不是在那儿。"

村民们说："因为你是瞎的，所以你不能看见。"

他大笑道："这看上去你们好像在做梦。眼睛是什么？你怎么能证明你有眼睛而我没有？你们告诉我你们看到的光，它是什么，解释给我听。"

他们不能那么做，因为这是不可能的。他们觉得很沮丧，这个人是瞎的，而他们有眼睛，他们知道光是什么。但是怎样跟一个瞎子解释呢？

后来，佛陀到了这个镇子。村民们便把这个疯哲学家、疯瞎子带到佛陀这儿，请求佛陀说："你试着给他解释吧，我们已经失败了。这个人有两下子，他证明了光不在那儿，因为它不能被摸到，不能被闻到，不能被尝到，不能被听到。所以它怎么能存在？现在你来了，你能给他解释。"

佛陀说："你们是大傻瓜！光是不能被解释给一个盲人听的。这个努力本身就是荒唐的。但是我认识一个人，他是一个了不起的医生。你们把瞎子带到医生那儿，医生会治疗瞎子的眼睛的。"

那人被带到了那个医生那儿，他的眼睛受到了治疗。他不是真瞎，六个月后，他开始看得见了。然后他跑到佛陀这儿来，佛陀已经在另一个镇子上了。他跪下来，说："是的，现在我知道了，光存在。现在我知道了为什么那些可怜的村民们不能证明它；现在我也知道了，你做得很对，送我到一个医生那儿去。我需要治疗——而不是哲学，不是关于光的理论。"

宁为懦夫

一个马戏团乘坐火车巡回演出。一节车厢坏了，狮子跑了出来。经理召来了他手下身强力壮的人，并说："入夜之前，你们到林子里去找狮子。我会给你们一些酒，酒会给你们勇气的。"

所有二十个人都喝了好几口烈酒。夜很冷，又很危险，需要勇气——但穆拉·纳斯鲁汀拒绝了。他说："我只要苏打水。"

经理反对说："但你更需要勇气！"

纳斯鲁汀回答道："这样的时候我不需要勇气，因为这时候是危险的——黑夜和狮子。勇敢会有危险，我宁可做个懦夫，而保持清醒。"

品酒大师

我听说有一个了不起的鉴赏家，还是一名品酒师。一个朋友邀请品酒师去他家，因为他有一些非常古老的有价值的酒，想给这个人看看他的收藏。他想得到这个人的赞赏，就拿出一种最名贵的酒。那人品尝了一下，却保持沉默，没有说任何话，甚至不说它是好的。那个朋友觉得受了伤害，然后他又拿出一种非常粗糙的普通的酒。

那位朋友品尝了一下说："非常、非常好，很好！"

收藏家糊涂了，他说："我被搞糊涂了，我给你最稀有、最名贵的酒，你保持沉默；但对这种普通的酒，一点都不名贵、粗糙的酒你却说：'非常、非常好！'"

鉴赏家说："对第一种酒，没有人需要说什么，它本身已经说明；但对第二种，必须有人赞扬它，不然它会受挫！"

启示来临

我曾经听说有一个政客，是什么院长，他去找一个师父，他问师父说："你叫我静心和祈祷，这样和那样，我都做了，但是并没有启示发生。"

那个师父看着他，然后说："你到外面去，站在街上十分钟。"当时正下着很大的雨。

那个政客说："雨下得这么大，你叫我站在街上？"

师父说："你就去吧！那个启示将会来临。"

那个政客想："如果那个启示会来临，那么值得一试，站在雨中十分钟并不是什么大不了的事。"

他站在那里的样子，看起来很愚蠢，当人们路过时都在想："我们的院长在做什么？"于是他把眼睛闭起来。这时有一群人围了过来，人们一边笑，一边又都感到很疑惑："院长到底怎么了？"

随后他冲进屋子里面去告诉师父说："什么事都没有发生！你欺骗了我。"

师父说："告诉我你的感觉如何？"

他说："我觉得好像是一个傻瓜站在那里，笨死了！"

师父说："这是一个很大的启示！你认为呢？十分钟之内，你就知道你是一个大傻瓜，你不认为那是一个很大的启示吗？"

他是演员

一头狮子和一只兔子进了一家餐馆，餐馆里的每个人立即都变得警觉起来，他们无法相信自己的眼睛。

兔子对侍者说："给我一个莴苣——不加调料的！"

侍者有些害怕，但他还是问："你的朋友要些什么？我应该拿什么给它呢？"

兔子说："不用。"

侍者说："它不感到饿吗？"

兔子眼睛盯着侍者说："如果它是一只真的狮子，你以为我会坐在这里吗？它只是一个演员。"

一袋宝石

一大早，太阳还没有出来，一个渔夫到了河边，他感觉到有什么东西在他的脚下，后来找出来是一小袋石头。他捡起袋子，将渔网放在一旁，坐在岸边等待日出，以便开始一天的工作。他懒洋洋地从袋子里拿出一块石头丢进水里。没有其他事可做，他继续把石头一块一块丢进水里。

慢慢地，太阳升了起来，大地出现光明，这时除了一块石头之外其他的石头都丢光了，最后一块石头在他的手里。当他借着白天的光看到他手中所拿的东西时，他的心跳几乎都要停止了，那是一颗宝石！在黑暗中，他把整袋的宝石都丢光了！在不知不觉当中，他的损失有多少！他充满懊悔，咒骂他自己，很伤心地哭着，几乎失去了理智。

他在无意间碰到的财富足够丰富他的生活一辈子，然而在不知不觉当中，在黑暗中，他又把它丢掉了。但是就某方面来讲，他还是幸运的：还有一颗宝石留下来，在他将那颗宝石丢掉之前，天已经亮了。一般来讲，大多数的人甚至还没有那么幸运。

周围一片漆黑，而时间又过得很快，太阳尚未升起我们就已经浪费掉所有生命中的宝石。生命是一个大宝库，只是人类没有好好利用它，白白地将它浪费掉了；等到我们知道了生命的重要性时，我们已经将时光消磨殆尽。生活的秘密、奥秘、快乐、解放、天堂——一切都丢尽了，而一个人的一生就这样过去了。

鹦鹉学舌

有一个船员已经在国外呆了很多年。有一次，他要回家度假，在等火车的时候有一些空闲时间，所以他就进入附近的一个大厅，那里有一个魔术师正在表演。那个船员带着一只鹦鹉，他知道不能够逗留太久，所以就坐在大厅旁边靠近门的地方，开车的时间一到他就可以马上出去。

那个船员发觉魔术非常好玩，所以他不时地评论道："那是一个很好玩的把戏，不知道下一步会怎样？"就在这个时候，船员想抽烟，所以他就点了一根香烟，点完之后将火柴丢出门外。

刚好大厅外面有瓦斯漏气，事故就发生了。接下来就是一阵很大的爆炸，大厅成了一片废墟。几分钟之后，在大约一英里以外教堂尖塔的地方，一只羽毛褴褛的鹦鹉从它的栖木上发出评语："那是一个很好玩的把戏，不知道下一步会怎样？"

"知识丰富"的人就好像那只鹦鹉：他只是在重复某种他不了解的东西。因为他听过它被重复，所以他就一直毫无意义地重复它。

夜莺和云雀

有些诗人是那样喜欢高高地翱翔在他们大部分读者的理解力之上，对于他们，我们该说些什么呢？没什么好说的，只有夜莺一次对云雀说过的那句话："安静吧，朋友，你飞得那么高，不就是为了不让人听到你的歌唱吗？”

宙斯和绵羊

绵羊生性软弱，不得不忍受许多动物的欺凌。于是，它来到宙斯面前，请求宙斯减轻它的苦难。

宙斯对绵羊说：“看起来，我是把你造得太缺少自卫能力啦。这样吧，你来选择一种克服这个缺点的办法。让我在你嘴里装上可怕的獠牙、在你脚上装上尖利的爪子好不好？”

“噢，不，”绵羊回答，“我完全不想跟那些猛兽一个样子。”

“那么，就让我给你的唾液里加进毒素吧？”宙斯又说。

绵羊摇摇头说：“我也不愿意与毒蛇为伍，毒蛇遭人痛恨！”

“在你额头安上角，并且让你的脖子变得强劲起来。这样可以吗？”

“也不要。那样一来，我就会变得像山羊一样好斗了。”

“可是，”宙斯说，“你想要保护自己不受别的动物伤害，就必须有伤害别的动物的能力呀！”

“唉，”绵羊叹了口气，说，“仁慈的上帝啊，那就让我还是老样子吧。因为我担心，有了伤害别的动物的能力，会唤起伤害别的动物的欲望。”

从此，绵羊便忘记了诉苦和抱怨。